Kretzer

CHRISTIANE RETZDORFF

Kretzer

Kriminalgeschichten

Bibliografische Information der Deutschen Nationalbibliothek:
Die Deutsche Nationalbibliothek verzeichnet diese Publikation
in der Deutschen Nationalbibliografie; detaillierte bibliografische
Daten sind im Internet über http://dnb.dnb.de abrufbar.

Cover: Alexander Retzdorff
Satz, Umschlaggestaltung, Herstellung und Verlag:
BoD – Books on Demand, Norderstedt

ISBN: 978-3-7528-9345-8

Inhalt

Verschmähte Liebe

Hauptkommissar Richard Kretzer fuhr mit seinem Mercedes Coupé, dessen Kauf er vor sich selbst damit entschuldigte, dass es unabdingbar für seine Tätigkeit war, schnell an den Tatorten zu sein, gemächlich durch die Wohnstraße mit den gepflegten Einfamilienhäusern. Dieser Selbstbetrug war ihm bewusst, denn als Leiter der Mordkommission warteten die Opfer geduldig auf ihn. Aber er liebte PS-starke Autos, die Formel Eins und Tourenrennen durchs Gelände. Dem Geschwindigkeitsrausch erlag er selbst jedoch nur ab und zu auf deutschen Autobahnen in seiner Freizeit.

Zwar war er froh, den Tag nicht in seinem Büro mit Akten verbringen zu müssen, aber er vermisste seinen Morgenkaffee. Nun hoffte er auf die Fürsorge seiner Mitarbeiter. Nicht vergeblich, denn schon bei seiner Ankunft am Tatort wurde ihm von einem ihm unbekannten Streifenpolizisten ein Becher mit dem lauwarmen Getränk überreicht. Dass er unausstehlich war, wenn er auf seinen Morgenkaffee verzichten musste, war allgemein bekannt.

Es war ein sonniger Morgen und friedliche Stille lag über der Umgebung des Hauses. Nur die vielen Wagen vor dem Einfamilienhaus zeugten davon, dass sich etwas Ungewöhnliches ereignet haben musste. So standen auch einige Nachbarn in ihren Vorgärten und beobachteten neugierig das Geschehen. Der geparkte Leichenwagen ließ den Schluss zu, dass es sich um einen Todesfall handelte.

Hauptkommissar Kretzer schaute sich um. Der Rasen, umgeben von Ziergewächsen, war kurz und ohne Unkraut, die Rollläden an den Fenstern nicht geschlossen. Ein sauberer, gepflasterter Weg führte zur offen stehenden Haustür. Als er durch diese hindurchtrat, konnte er keine offensichtlichen Einbruchsspuren entdecken.

»Guten Morgen, Richard«, begrüßte ihn seine Mitarbeiterin, Kommissarin Kim Kaiser, und nahm ihm den leeren Kaffeebecher ab. »Die Spurensicherung ist noch an der Arbeit. Keiner von unseren Leuten hat etwas angerührt, aber der Gerichtsmediziner will die Leiche endlich umdrehen und dann mitnehmen.«

»Gemach, meine Liebe. Ich muss zuerst den Tatort auf mich wirken lassen. Wissen wir schon, wer die Tote ist?«

»Wir vermuten, es ist die Eigentümerin des Hauses, Franziska Heinzel. Die Putzfrau, die auch die Polizei informiert hat, bestätigt das.«

»Wo ist die Frau?«

»Sie sitzt in der Küche.«

»Bitte sie, uns noch einen Kaffee zu kochen. Ich komme dann gleich.«

Schon vom Flur aus konnte der Hauptkommissar die Tote sehen. Sie lag bäuchlings halb auf einem Teppich. Ihr Kopf zeigte eine heftige Wunde, die ihr mit solcher Kraft zugefügt worden sein musste, dass der Schädel etwas gespalten war. Die vermeintliche Tatwaffe lag nicht weit von ihr entfernt auf dem Boden. Der einen Meter an Höhe messende Kerzenständer aus Messing zeigte Blutspuren.

Vorsichtig die Leiche passierend, sah sich Kretzer in dem Wohnzimmer um. Der große Flachbildschirmfernseher lief noch. Die Fernbedienung lag auf einem Tisch neben dem Sofa, auf dem auch ein halb volles Glas Wein die Vermutung zuließ, dass die Tote dort gesessen und ferngesehen hatte. Alles war peinlich sauber. Nur auf der Couch lag eine dunkle Wolldecke, die Spuren von Haaren zeigte. Der Hauptkommissar ging in die Knie und schnüffelte an der Decke.

»Wo ist der Hund?«, fragte er schließlich.

Sein zweiter Mitarbeiter, der Kommissar Juan Montez, stand nun im Flur und antwortete:

»Was für ein Hund? Wir haben keinen Hund in diesem Haus gefunden.«

»Vielleicht ist er durch die offene Haustür weggelaufen. Stand sie überhaupt offen, als die Putzfrau kam und die Leiche entdeckte?«

»Ja, das hat die Frau auch verwundert. Als sie dann ins Haus trat, konnte sie die Tote gleich sehen und hat die Polizei gerufen.«

»Von ihrem Handy aus oder vom Festnetz?«, wollte der Hauptkommissar wissen.

»Vom Festnetz des Hauses. Eine Station dafür befindet sich hier auf dem Flur, die andere im Schlafzimmer im Obergeschoss.«

»Danke. Also lass uns die Putzfrau befragen. Hoffentlich ist der Kaffee schon fertig.«

Die Frau saß stumm und in sich gekehrt am Küchentisch, während Kommissarin Kaiser dem modernen Kaffeeautomaten ein Getränk entlockte, das sie sogleich an ihren Chef weiterreichte.

»Guten Tag, ich bin Hauptkommissar Kretzer und mit den Ermittlungen in dem Tötungsdelikt an Frau Heinzel betraut«, stellte er sich vor. »Wie ist Ihr Name?«

Die Frau sah ihn beinahe erstaunt an und sagte mit nur leichtem südländischen Akzent:

»Maria Gonzales.«

»Darf ich fragen, wie alt Sie sind?«

»31 Jahre.«

»Und wo sind Sie geboren?«

»In Andalusien.«

»Sie sprechen sehr gut Deutsch. Wie lange leben Sie schon in diesem Land?«

»Erst seit einem halben Jahr, aber ich habe in Spanien unter anderem auch die deutsche Sprache studiert. Ich wollte Lehrerin werden, fand aber keine Anstellung. Deswegen war ich froh, über eine Agentur diese Arbeit gefunden zu haben.«

Eine junge, studierte Frau, die sich ihren Lebensunterhalt durch Putzen verdienen muss. Welch ein tragisches Schicksal. Hauptkommissar Kretzer bereute, sie so distanziert befragt zu haben. Trotzdem erforderte sein Beruf, sachlich fortzufahren.

»Seit einem halben Jahr arbeiten Sie also für Frau Heinzel. Was können Sie mir über diese Frau erzählen?«

»Wir tauschten nie persönliche Worte aus. Frau Heinzel gab mir nur Anweisungen für die Hausarbeit, war aber stets höflich.«

»Wie oft kamen Sie zum Putzen?«

»Jeden Tag. Ich war so etwas wie eine Haushälterin, die auch leichte Gartenarbeiten verrichtete. Oft musste ich auch mit dem Hund spazieren gehen.«

»Also gibt es hier einen Hund«, stellte Kretzer befriedigt fest. »Welcher Rasse gehört er an?«

»Ja, Brutus. Wo ist der überhaupt?«, fragte Maria Gonzales und sprang auf. »Ich muss ihn unbedingt suchen, wenn er weggelaufen ist.«

»Sicher, aber bitte bleiben Sie erst mal hier. Ich habe noch etliche Fragen an Sie.«

»Aber der arme Hund ist ganz allein dort draußen.«

»Der wird schon zurückkommen«, versuchte der Hauptkommissar die Frau zu beruhigen. »Was ist das denn nun für ein Hund?«

»Ein Deutscher Schäferhund, sehr gut erzogen und wachsam. Haben die Täter ihn etwa vergiftet?«

Die Frau wollte hinausrennen, aber Kommissar Montez hielt sie zurück.

»Wir haben auf dem ganzen Grundstück keinen toten Hund gefunden«, erklärte er. »Setzen Sie sich bitte.«

Voller Sorge nahm die Frau wieder an dem Tisch Platz.

»Vielleicht haben die Täter den Hund nur betäubt und ihn dann mitgenommen. Solche ausgebildeten Tiere sind wertvoll«, sinnierte Kretzer und bedauerte sogleich, die Hausangestellte weiter beunruhigt zu haben.

»Es tut mir leid, aber der Verbleib des Hundes ist nebensächlich. Wir müssen nun alles über die Tote erfahren.«

»Ich weiß nicht viel über Frau Heinzel«, sagte Maria Gonzales.

»Lebte sie allein?«

Nun mischte sich Kommissar Montez ein.

»Nein, wir haben im Schrank Kleidungsstücke von einem Mann gefunden und auch im Bad stehen entsprechende Utensilien.«

»Danke, Juan. Frau Gonzales, Sie wissen sicher, wer hier noch wohnt.«

»Natürlich, der Mann heißt Sebastian Bauer und ist der Lebensgefährte von Frau Heinzel. Oh Gott, der weiß ja noch gar nicht, was passiert ist.«

»Wo hält sich dieser Mann denn gerade auf?«

»Das weiß ich nicht. Über private Angelegenheiten wurde nie mit mir geredet.«

»Und Sie haben auch nicht zufällig etwas mitbekommen?«, wollte der Hauptkommissar wissen.

»Nein, Herr Bauer ist seit einigen Tagen weg. Und vor zwei Tagen kam der Ehemann von Frau Heinzel zu Besuch.«

»Aha, es gibt also auch noch einen Ehemann.«

»Das habe ich daraus geschlossen, dass dieser Mann auch Heinzel heißt und mit der Hausherrin sehr vertraut umging. Er kennt sich sogar in dem Haus bestens aus.«

»Kim, finde das mal heraus. Und du, Juan, befrage bitte die Nachbarn, ob ihnen etwas aufgefallen ist.«

Der Gerichtsmediziner erschien und fragte ungeduldig:

»Kann ich die Leiche endlich mitnehmen? Die Spurensicherung ist auch fertig.«

»Einen Moment noch. Frau Gonzales, Sie können jetzt nach Hause gehen. Ich gehe davon aus, dass meine Kollegin Ihre Adresse und Ihre Telefonnummer notiert hat. Halten Sie sich aber bitte weiter zu unserer Verfügung, falls wir noch Fragen haben.«

Dann verließ Hauptkommissar Kretzer die Küche und warf noch einen Blick auf die Leiche, die umgedreht worden war. Eine sehr attraktive Frau hatte hier ihr Leben ausgehaucht.

Kommissarin Kim Kaiser ließ keine Zeit verstreichen, um herauszufinden, ob die Tote tatsächlich verheiratet war. Als sie das bestätigt fand, machte sie sich sofort auf zu der Adresse des Mannes mit Namen Ricardo Heinzel. Die Haustür wurde ihr von einer kleinen, unscheinbaren Frau mittleren Alters geöffnet. Die Besucherin stellte sich vor und zeigte ihren Polizeiausweis. Das schien die Frau heftig zu beunruhigen. Sogleich versicherte sie:

»Ich legal. Komme aus Polen und habe Arbeitserlaubnis. Ich gleich holen.«

»Moment bitte«, versuchte Kim Kaiser die aufgeregte Frau zu beruhigen. »Ich komme nicht, um Sie zu kontrollieren, sondern möchte Herrn Heinzel sprechen.«

Die Frau zögerte und blieb misstrauisch.

»Herr Heinzel nicht da.«

»Wann erwarten Sie ihn zurück?«

»Ich weiß nicht«, war die deutlich abweisende Antwort.

Doch dann hörte die Kommissarin ein Auto hinter ihr auf das Grundstück des Einfamilienhauses fahren. Sie drehte sich um und erkannte hinter dem Steuer sogleich den Mann, dessen Foto ihr bei ihrer Anfrage beim Einwohnermeldeamt gezeigt wurde.

»Sehr erfreulich«, bemerkte sie. »Wie ich sehe, kommt Herr Heinzel gerade an.«

Dieser stieg aus dem Wagen und blickte erstaunt auf den unerwarteten Besuch.

»Kann ich Ihnen helfen?«, fragte er höflich.

Der Mann, groß, sportlich, mit dunklen Haaren, magischen Augen und einem bezaubernden Lächeln, sah so gut aus, dass es Kim den Atem verschlug. Welche geistig gesunde Frau würde nicht mit so einem Ehemann zusammenleben wollen? Dann riss sie sich zusammen.

»Guten Tag, Herr Heinzel. Mein Name ist Kim Kaiser und ich muss Sie dringend sprechen.«

»Selbstverständlich. Worum geht es?«

»Können wir bitte ins Haus gehen?«

»Gut, wenn Sie meinen. Sie machen mich neugierig. Marta, kümmere dich bitte um mein Gepäck.«

Während die Polin sich eilig auf den Weg machte, schritt der Hausherr beschwingt an Kim vorbei und bat sie, ihm zu folgen. Über die Schulter rief er noch:

»Marta, bring uns bitte Kaffee.«

Dann standen sich die Kommissarin und Herr Heinzel im Wohnzimmer gegenüber. Kim Kaiser fühlte sich in der Gegenwart des Mannes verlegen und musste sich zwingen, sich auf ihre Aufgabe zu konzentrieren. Der Mann schaute sie erwartungsvoll an. Kim zögerte, die unangenehme Nachricht über die Lippen zu bringen, und ärgerte sich, nicht einen erfahreneren Kollegen um Begleitung gebeten zu haben. Ernst sagte sie schließlich:

»Herr Heinzel, ich muss Ihnen leider mitteilen, dass Ihre Frau tot ist.«

»Franziska?«, fragte der Mann ungläubig.

»Ja«, bestätigte Kim und fühlte sich vollkommen überfordert mit der Situation.

Fassungslos schüttelte Ricardo Heinzel den Kopf. Er trat ans Fenster und schaute bewegungslos hinaus.

»Ein Unfall?«

»Nein, sie wurde ermordet.«

Der Mann drehte sich um. Entsetzen spiegelte sich in seinem Gesicht.

»Wo?«

»In ihrem Haus«, antwortete die Kommissarin und war dankbar, dass in diesem Moment die Polin ins Wohnzimmer trat. Auf einem Tablett standen eine Kaffeekanne, ein Zuckertopf und ein Milchkännchen. Alles stellte die Frau auf den Tisch und sah dann zu Herrn Heinzel. Der starrte mit eiserner Miene ins Leere. Erschrocken über diesen Anblick huschte die Polin ohne ein Wort aus dem Raum.

»Bitte lassen Sie mich allein«, forderte der Hausherr streng von der Kommissarin.

»Ihren Wunsch verstehe ich«, sagte Kim Kaiser, erleichtert der Situation entkommen zu können. Doch im Hinausgehen entsann sie sich ihrer Pflicht:

»Eine Frage noch. Wo waren Sie gestern Abend?«

Beinahe gleichgültig antwortete Ricardo Heinzel:

»Geschäftlich in Madrid. Ich bin heute Morgen mit dem ersten Flug zurückgekommen.«

»Danke, aber wir werden sicher noch einige weitere Fragen an Sie haben.«

Mit einem mitfühlenden Blick auf den attraktiven, schweigsamen und nachdenklichen Mann verließ die Kommissarin das Zimmer.

Am späten Nachmittag traf sich die kleine Mannschaft der Kripo im Büro und tauschte die bis dahin erlangten Informationen aus.

»Die Nachbarn haben nichts bemerkt«, berichtete Juan Montez. »Nicht mal ein Bellen des Schäferhundes. Niemand von ihnen hatte überhaupt Kontakt zu Franziska Heinzel. Sie wirkten auch nicht besonders betroffen über die Tat. Nur die Vorstellung, dass ein Einbrecher der Mörder gewesen sein könnte, beunruhigte die Leute. Die Spurensicherung konnte nichts feststellen. Lediglich die Fingerabdrücke von vier Personen wurden gefunden, die nach meiner Vermutung wohl den beiden Bewohnern, der Putzfrau und dem Ehemann der Toten gehören. Das müssen wir aber noch abklären. Wir sollten auch gleich Speichelproben nehmen.«

»Was wissen wir noch?«, fragte Richard Kretzer.

»Allem Anschein nach handelt es sich um einen Raubmord, denn die Schmuckkassette der Toten wurde aufgebrochen und ist leer.«

»Einbruchsspuren?«

»Fehlanzeige.«

»Dann muss die Frau ihren Mörder reingelassen haben.«

Juan Montez nickte, während Kim Kaiser versonnen aus dem Fenster schaute.

»Was sagt die Gerichtsmedizin?«, wollte der Hauptkommissar wissen.

»Das vorläufige Ergebnis bestätigt unseren ersten Eindruck. Frau Heinzel wurde mit großer Kraft von hinten mit dem Kerzenständer erschlagen. Schlimm ist nur, dass sie noch mindestens zwei Stunden gelebt hat. Hätte sie jemand rechtzeitig gefunden, wäre sie vielleicht zu retten gewesen.«

»Grausam, und was hast du herausgefunden, Kim?«

»Die Tote war tatsächlich verheiratet mit Ricardo Heinzel. Ich habe ihn sogleich aufgesucht und von dem tragischen Ereignis berichtet.«

»Wie hat der Mann reagiert?«

»Er war schockiert, bewahrte aber die Fassung.«

Bei der Erinnerung an Ricardo Heinzel bekam die Kommissarin einen verklärten Gesichtsausdruck, was Richard Kretzer nicht entging. War deren Urteilsvermögen vielleicht durch den Eindruck, den dieser Mann auf sie gemacht hatte, getrübt? Das erinnerte den Hauptkommissar an einen seiner ersten Fälle, bei dem er eine Verdächtige so anziehend fand, dass dies seine Ermittlungen erheblich beeinflusste. Und es ging ihm richtig schlecht, als er erfahren musste, dass die wunderschöne Frau eine Mörderin war. So eine Erfahrung würde er seiner jungen Mitarbeiterin gern ersparen.

»Ist Ricardo Heinzel ein gut aussehender Mann?«, fragte er daher nach.

»Oh ja«, antwortete die Kommissarin schwärmerisch.

»Morde werden häufig von Familienangehörigen begangen«, erklärte Kretzer. »Damit gehört der Ehemann zum Kreis der Verdächtigen.«

»Nicht mehr«, verkündete die Kommissarin stolz. »Er war auf einer Geschäftsreise in Madrid. Da der letzte Abendflug nach Hamburg überbucht war, konnte er erst heute mit der ersten Maschine zurückfliegen. Sie landete kurz nach zehn Uhr. Seinen Wagen hatte der Mann am Flughafen geparkt, fuhr direkt nach Hause, wo ich bereits angekommen war.«

»Und das hast du alles genau recherchiert?«

»Natürlich!«, entrüstete sich Kim.

»Was hat Ricardo Heinzel in Madrid gemacht?«

»Er vermittelt international Versicherungspolicen für Containerverschickung per Schiff oder Flugzeug.«

»Du warst ja sehr fleißig«, lobte der Hauptkommissar und ahnte, dass das Engagement seiner Mitarbeiterin daher rührte, dass sie den attraktiven Ehemann der Toten unbedingt aus dem Kreis der Verdächtigen ausschließen wollte.

»Wenn wir also davon ausgehen, dass die Tote ihrem Mörder freiwillig die Tür geöffnet hat, wird sie ihn vermutlich gekannt haben«, sagte Juan Montez. »Den Ehemann können wir nun ausschließen. Was ist mit ihrem Lebensgefährten?«

»In dem Einfamilienhaus ist noch ein Sebastian Bauer gemeldet. Der befindet sich mit zwei Kameraden auf einem Segeltörn in der dänischen Südsee«, berichtete der Hauptkommissar. »Ich konnte ihn bereits erreichen. Er wird versuchen, morgen in Hamburg zu sein, und sich dann gleich bei uns melden.«

»Und wie hat er die Nachricht aufgenommen?«, wollte Kim wissen.

»Soweit ich das am Telefon mitbekommen konnte, wirkte auch er gefasst.«

»Ach, noch etwas von der Spurensicherung«, mischte sich Kommissar Montez ein. »Es wurden neben dem der Toten noch zwei weitere Handys in dem Haus gefunden. Sie waren zwischen deren Unterwäsche versteckt und sind Prepaid-Handys. Ungewöhnlich, oder? Und sämtliche Listen über Gespräche oder SMS sind gelöscht.«

»Dann hatte die Tote wohl Geheimnisse«, stellte der Hauptkommissar nachdenklich fest. »Können unsere Leute die Daten wieder herstellen?«

»Sie sind dran.«

»Gut, dann lasst uns Feierabend machen. Ich werde morgen den Ehemann besuchen und ihn nach einer Liste der Freunde und Bekannten der Toten fragen. Du, Kim, findest bitte alles über die Ermordete heraus. Wir brauchen mehr Hintergrundwissen. Du, Juan, erwartest bitte Sebastian Bauer. Und forsche derweil bitte in allen Tierheimen nach dem vermissten Hund.«

Dem Hauptkommissar schwante, dass dies ein schwieriger Fall werden würde. Er konnte sich einen Diebstahl als Ursache für den brutalen Mord nicht vorstellen.

Kretzer hatte seinen Besuch bei Ricardo Heinzel angekündigt und wurde im Wohnzimmer mit einem Kaffee empfangen. Der Ehemann der Toten sah abgespannt aus, wirkte aber beherrscht.

»Herr Heinzel«, begann der Hauptkommissar, »für unsere Ermittlungen ist es leider unvermeidbar, dass wir möglichst viel über das Opfer erfahren. Sie als ihr Ehemann kannten Ihre verstorbene Frau bestimmt gut. Bitte erzählen Sie mir, wie sie beide sich kennengelernt haben.«

Der Angesprochene lehnte sich in seinem Sessel zurück und versank kurz in seinen Erinnerungen.

»Es war im Sommer vor sechs Jahren. Ich besuchte meine Mutter in Andalusien, wohin sie nach dem Tod meines Vaters zurückkehrte. Wir wohnten bei ihren Eltern. Früher verbrachten wir unseren Urlaub jedes Jahr dort. Meine Großeltern lebten auf einem kleinen Bauernhof nicht weit von der Atlantikküste. Meine Mutter hatte mir schon als Kind die spanische Sprache beigebracht und ich kannte aus meiner Jugend die ganze Umgebung und die Bewohner. Ich lieh mir ein Pferd für einen Ritt am Strand aus. Es war wohl das beeindruckende Tier, ein Hengst mit langer Mähne, der Franziskas Aufmerksamkeit auf sich zog. So lernten wir uns am Strand kennen.«

Mit einem Lächeln fuhr Ricardo Heinzel fort:

»Sie sah umwerfend aus mit ihrem langen blonden Haar und ihrer schlanken, wohlgeformten Figur, die von einem knöchellangen, fließenden Sommerkleid umschmeichelt wurde.«

»Blond?«, fragte der Hauptkommissar erstaunt nach, denn das Haar der Toten war dunkel gewesen.«

»Ja, es war Franziskas Art, ihre Haarfarbe stets der jeweiligen Situation anzupassen. Blonde Frauen erregen in Südspanien Aufmerksamkeit. Nur durch ein Foto aus ihren Kindertagen erfuhr ich später, dass ihr Haar eigentlich eine Farbe hatte, die gern als straßenköterblond bezeichnet wird.«

Der Mann trank einen Schluck Kaffee.

»Dazu passten ihre magischen grauen Augen, aber diese versteckte sie auch oft hinter farbigen Kontaktlinsen. Trotzdem verstand sie es, allein mit einem Blick die Menschen in ihren Bann zu ziehen.«

Hauptkommissar Kretzer machte sich einige Bleistiftnotizen.

»Also kamen sie beide ins Gespräch.«

»Ja, und nicht nur das. Übermütig verlangte sie, vor mir auf dem Pferd sitzen zu wollen. Ich zog sie hinauf, nicht sicher, ob der Hengst das dulden würde. Aber er blieb ruhig und kurz darauf galoppierten wir davon. Die Freundin von Franziska, die sie begleitet hatte, ließen wir einfach zurück.«

Nun lachte der Hausherr.

»Sie war schon ein Teufelsweib. Und ist es nicht komisch, dass auch meine Mutter und mein deutscher Vater sich einst an diesem Strandabschnitt kennenlernten?«

»Wie ging es dann weiter?«

»Nach dem Ritt brachte ich Franziska in ihr Hotel. Das war einer dieser Nobelschuppen, die ich noch nie betreten hatte. Natürlich wohnte sie in einer Suite und wir machten das, was zwei junge Menschen, die sich zueinander hingezogen fühlen, eben machen.«

»Wie konnte sich eine so junge Frau eine so teure Unterkunft leisten?«

»Franziska war von Beruf Tochter. Ihr Vater, ein Industrieller, hatte sein florierendes Unternehmen für einen Millionenbetrag verkauft und erwartete von seiner Tochter nicht, dass sie selbst Geld verdiente oder überhaupt einen Beruf erlernte. Sie sollte reich heiraten und ihr Leben weiterhin unbeschwert genießen. Ihre Eltern leben mittlerweile in Florida und hatten damals schon einige geeignete Kandidaten im Visier. Da passte ich, der gerade eine Versicherungsagentur aufbaute, so gar nicht in deren Wunschbild. Aber vielleicht gefiel Franziska gerade das. Sie hasste es, sich an die Vorstellungen anderer anzupassen.«

»Und dann heirateten sie beide.«

»Ja, und zwar schon wenige Wochen nach unserem ersten Treffen. Allerdings waren Franziskas Eltern beleidigt und erschienen nicht zur Hochzeit. Also unternahmen wir die Hochzeitsreise nach Florida, wo meine Frau ihren Vater bezirzte, sie weiterhin großzügig zu unterstützen, damit sie ihren aufwendigen Lebensstil beibehalten konnte und nicht von meinem Einkommen abhängig war.«

»Also waren Sie von Ihrer Frau und deren Eltern finanziell abhängig«, bemerkte Hauptkommissar Kretzer.

»Das hätte ich niemals zugelassen. Mein Ehrgeiz zwang mich, die Versicherungsagentur weiter auszubauen, was mir auch gelang. Aber ich hatte wenig Zeit für Franziska.«

»Dann kam es also zur Trennung.«

»Ich hatte schon länger den Verdacht, dass Franziska es mit der ehelichen Treue nicht so genau nimmt. Als ich sie zur Rede stellte, reagierte sie empört über mein Misstrauen. Aber sie gab zu, sich mit mir zu langweilen. Sie wollte ausgehen, die Welt bereisen und Spaß haben. Stattdessen unternahm ich Geschäftsreisen und ließ sie allein zu Hause. Schließlich unterstellte meine Frau mir, sie ständig zu betrügen, und wollte sich von dieser Idee auch nicht abbringen lassen.«

»Und, wie hielten Sie es mit der ehelichen Treue?«

Ricardo Heinzel sah den Hauptkommissar wütend an.

»Das hat Sie wohl kaum zu interessieren.«

»Also sie trennten sich. Wer hat die Scheidung eingereicht?«

»Keiner von uns. Ich glaube, es war uns beiden klar, dass unsere Ehe noch nicht gescheitert war. Und wir standen auch kurz vor einem Neuanfang. Wenn der letzte Flug nicht überbucht gewesen wäre, hätten meine Frau und ich uns noch an diesem Abend in den Armen gelegen.«

Zorn mischte sich mit Trauer in der Miene des Hausherrn.

»Dann hat Ihre Frau Sie also am Abend ihres Todes erwartet?«

»Natürlich. Ich habe sie versucht zu erreichen, aber sie ging weder an ihr Handy noch ans Haustelefon. Zwar machte mich das stutzig und ich rechnete sogar damit, dass sie es sich anders überlegt hat, aber an ihre Launenhaftigkeit war ich gewöhnt.«

Ricardo Heinzel hielt nachdenklich inne.

»Kann es sein, dass sie ihrem Mörder die Tür geöffnet hat, weil sie meine Ankunft vermutete?«

»Das ist möglich«, bestätigte der Hauptkommissar und machte sich erneut Notizen.

»Wussten Sie, dass der neue Lebensgefährte ihrer Frau mit dem Segelboot unterwegs war?«

»Natürlich, wir wollten doch keinen flotten Dreier schieben.«

»Danke, Herr Heinzel. Das wäre vorerst alles. Ich muss Sie aber bitten, sich zu unserer Verfügung zu halten. Planen Sie demnächst Auslandsreisen?«

»Schon morgen hätte ich einen Termin in London gehabt, den ich aber absagte.«

»Noch eine letzte Frage. Haben Sie einen Verdacht, wer Ihre Frau ermordet haben könnte?«

Der Hausherr dachte nach. Hauptkommissar Kretzer forschte in dessen Gesicht, ob eine Ahnung durch die Gedanken streifte.

»Nein!«, rief Ricardo Heinzel schließlich so aufgebracht, dass es schien, als wolle er eine Vermutung mit Macht verscheuchen.

»Können Sie mir bitte noch eine Liste mit allen Freunden und Bekannten Ihrer Frau per Mail zuschicken?«, sagte der Gast und reichte dem Mann seine Visitenkarte.

Von dem lauten Ausruf ihres Arbeitgebers aufgeschreckt, erschien die Polin in der Tür, die Kretzer bisher nicht gesehen hatte. Höflich geleitete sie ihn hinaus. Auf der Schwelle stellte der Kriminalbeamte ihr noch eine Frage:

»Arbeiten Sie schon lange für Herrn Heinzel?«

»Ich Haushälterin bei den Heinzels für viele Jahre und sollte bei Auszug bleiben bei Frau Heinzel. Doch ich nie mochte diese Frau. Wollte nicht lassen allein Herrn Heinzel. Nun ich komme nur noch zwei, drei Tage in der Woche. Muss noch anderen Putzjob machen. Haben Hund Brutus gefunden? Herr Heinzel sehr traurig.«

»Leider nicht«, gestand Hauptkommissar Kretzer und verabschiedete sich.

Auf der Fahrt zurück ins Büro, wo laut telefonischer Benachrichtigung durch seinen Mitarbeiter Montez bereits der Lebensgefährte der Toten, Sebastian Bauer, wartete, hatte der Hauptkommissar Zeit, über seinen Eindruck von den Gesprächen nachzudenken. Ricardo Heinzel war wirklich ein sehr attraktiver Mann, dem es kaum schwerfallen sollte, Frauenherzen zu erobern. Zusätzlich hatte er die selbstbewusste Ausstrahlung eines Erfolgsmenschen. Tiefe Trauer schien er über den Tod seiner Ehefrau nicht zu empfinden oder verbarg diese perfekt hinter Disziplin. Es wäre verständlich, wenn seine Frau zu Ricardo Heinzel zurückkehren wollte. Ein Foto auf der Anrichte hatte dem Hauptkommissar gezeigt, was für ein außergewöhnlich reizvolles Paar die beiden gewesen waren.

Warum also sollte dieser Mann seine Frau erschlagen? Da beide nach dem bisherigen Kenntnisstand noch keine Scheidung eingereicht hatten, also als Eheleute nur getrennt lebten, was in der heutigen Gesellschaft häufiger vorkam, war der Ehemann vermutlich der einzige Erbe der Toten. Konnte das ein Motiv sein? Doch er hatte ein Alibi, war zur Zeit des Mordes noch in Madrid gewesen. Aber ein Auftragsmord wäre möglich.

Wenn Franziska Heinzel also ihren Ehemann erwartet und dieser die Informationen an einen Killer weitergegeben hatte, wäre das eine Erklärung, warum die Frau ihrem Mörder unbedarft die Tür öffnete. Der konnte sich dann als Bezahlung den Schmuck der Frau greifen und verschwinden. Da zwischen Täter und Opfer keine Verbindung herzustellen war, müssten die Ermittler diese dem Ehemann nachweisen. Das würde schwierig werden, auch wenn Geld als Mordmotiv sehr beliebt war.

Doch Franziska Heinzel wurde von hinten erschlagen. Konnte sie die Haustür geöffnet und sich sofort einfach umgedreht haben, ohne hinzuschauen, wer sie besuchte? Das erschien dem Hauptkommissar unwahrscheinlich. Folglich musste es doch eine Person des Vertrauens der Ermordeten gewesen sein, die um Einlass bat. Damit erweiterte sich der Kreis der Verdächtigen um alle Freunde und Bekannte.

Was mochte die Tote für eine Persönlichkeit gewesen sein? Das verzogene Töchterchen reicher Eltern, sorglos ins Leben blickend, vergnügungssüchtig und verantwortungslos? Oder doch ein Mensch, der sich nach Liebe sehnte, ernst genommen werden wollte und verzweifelt nach dem richtigen Weg suchte? Hauptkommissar Kretzer kannte persönlich keine Leute aus begüterten Kreisen. Zwar musste er sich in seiner langen Laufbahn schon mit dem Milieu beschäftigen, aber in diesen Fällen ging es meistens um Eifersucht. Doch auch Erbstreitigkeiten waren ihm dabei untergekommen, womit seine Gedanken wieder bei Ricardo Heinzel landeten.

Im Büro warteten sein Kollege und der Lebensgefährte der Toten auf den Hauptkommissar. Sebastian Bauer gebärdete sich vollkommen aufgelöst, immer wieder schluchzend und kaum fähig, einen klaren Satz zu sprechen. Juan Montez war restlos überfordert mit der Situation.

»Guten Tag, Herr Bauer«, begann der Ankömmling. »Ich bin Hauptkommissar Kretzer und mit den Ermittlungen im Mordfall Franziska Heinzel betraut. Wir haben einige Fragen an Sie.«

Diese strengen, sachlichen Worte ließen den Mann auf seinem Stuhl Haltung annehmen. Seine äußere Erscheinung zeigte genau das Gegenteil von Ricardo Heinzel. Sebastian

Bauer war blond und blauäugig. Doch seine Figur war ebenfalls sportlich durchtrainiert und seine Kleidung teuer. Er verkörperte das Idealbild eines Germanen. Nur seine deutlich zur Schau getragenen Gefühle entsprachen mehr dem Temperament eines Südländers.

»Meine geliebte Franziska«, wimmerte der Mann. »Ich will sie sehen, ein letztes Mal berühren.«

»Ich verstehe Ihre Trauer«, sprach der Hauptkommissar beinahe gelangweilt. »Die Tote befindet sich noch in der Rechtsmedizin. Mein Kollege wird Sie gern später dorthin begleiten.«

Der entsetzte Blick von Juan Montez ließ erkennen, dass er diese Aufgabe lieber abgeben würde. Er war noch nicht lange bei der Mordkommission. Hauptkommissar Kretzer schenkte ihm ein gütiges Lächeln.

»Herr Bauer, wann und wo haben Sie Frau Heinzel kennengelernt?«

Nun riss sich der Angesprochene zusammen und antwortete: »Vor sechs Monaten im Fitnessstudio. Sie besuchte dort einen Schnupperkurs.«

»Waren Sie der Grund für ihre Trennung vom Ehemann?«

»Ich war sofort von ihr hingerissen und sie schien meine Gefühle zu erwidern.«

»Also wurden sie ein Paar und zogen zusammen.«

»Ja, und wir wollten bald heiraten.«

»Aber Frau Heinzel hatte noch gar nicht die Scheidung eingereicht.«

»Hat sie nicht?!«

Der verständnislose Blick des Lebensgefährten zeugte von seinem Unwissen.

»Wie würden Sie ihre Beziehung zu Frau Heinzel beschreiben?«

»Wir liebten uns.«

»Können Sie das etwas genauer beschreiben?«

Nun verlor Sebastian Bauer die Beherrschung.

»Ich habe die Frau meines Lebens verloren und Sie stellen solche Fragen. Haben Sie denn kein Herz? Ich möchte dieses Gespräch sofort beenden und nach Hause fahren. Lassen Sie mich in Ruhe!«

Dann sprang er auf. Noch bevor der Mann die Bürotür erreichen konnte, sagte Hauptkommissar Kretzer:

»Sie wollen uns doch bestimmt bei unseren Ermittlungen unterstützen. Deswegen bitte ich Sie, uns möglichst schnell eine Liste aller Freunde und Bekannten der Toten per Mail zuzuschicken.«

Mit den Worten »Wird gemacht« stürmte der Mann hinaus.

Juan Montez war sichtlich erleichtert.

»Irgendwie habe ich dem Typen seine Trauer nicht abgenommen«, sagte er.

»Aber du bist doch Mexikaner. Sind diese Menschen nicht auch leidenschaftlich in ihrer Trauer? Dann musst du Herrn Bauer doch verstehen.«

Juan Montez wurde tatsächlich in Mexiko geboren, lebte aber seit seinem fünften Lebensjahr in Deutschland. Seine Familie war nach Hamburg gezogen, als der Vater an der dortigen Universität eine Professur erhielt. Als seine Eltern später in die Heimat zurückkehrten, hatte Juan bereits sein Abitur in Deutschland gemacht, die deutsche Staatsangehörigkeit beantragt und sich bei der Polizei beworben.

»Bei diesem Mann wirkte das aber aufgesetzt«, fuhr er fort. »Mir kam sein ganzer Auftritt wie ein Schauspiel vor. Er hatte ja genug Zeit, sich auf sein Erscheinen im Kommissariat vorzubereiten.«

Hauptkommissar Kretzer dachte nach. Er konnte zwar den Eindruck seines Kollegen nicht bestätigen, aber irgendwie seltsam war das Verhalten des Lebensgefährten der Toten schon gewesen. Auf bewegende Trauer folgten sachliche Antworten und anschließend ein Wutausbruch. Eine beachtliche Palette an unterschiedlichen Gefühlen.

»Hast du bei den Tierheimen wegen des Hundes angerufen?«

»Ja, und auch bei unseren Kollegen im Außeneinsatz. Nirgendwo ist das Tier aufgetaucht. Wir werden aber unterrichtet, falls es gesichtet wird.«

»Gut, dann warten wir die Listen mit den Freunden und Bekannten ab. Ich schlage Einzelbefragungen der Männer durch dich und der Frauen durch Kim vor.«

Wie aufs Stichwort erschien die Kommissarin. Ihr Gesicht zeigte, dass sie keine besonderen neuen Erkenntnisse zu verkünden hatte.

»Franziska Heinzel ist weder bei uns noch in der Verkehrssünderkartei aktenkundig. Meine Nachforschungen in den sozialen Netzwerken haben auch nichts ergeben. Neben einigen Fotos von ausgelassenen Partys war nichts zu finden. Also habe ich mich mit der Spurensicherung in Verbindung gesetzt, ob denen noch etwas aufgefallen ist. Einer der Kollegen, der selbst Hundebesitzer ist, merkte an, dass kein Impfpass für den Hund gefunden wurde, aber das hat ja wohl für unseren Fall keine Bedeutung.«

»Trotzdem werde ich Ricardo Heinzel anrufen und ihn danach fragen«, sagte der Hauptkommissar.

Etwas betreten schaute Kim Kaiser zu Boden und gestand: »Ich habe Scheiße gebaut. Aus irgendeinem Grund rief ich nochmals beim Flughafen an und musste erfahren, dass nicht der letzte Flug von Madrid nach Hamburg, sondern der vorletzte überbucht war. Doch Ricardo Heinzel nahm tatsächlich erst den Frühflug am nächsten Tag. Tut mir leid, dass ich so nachlässig war, aber an seinem Alibi ändert das doch nichts, oder?«

»Dann hat der Mann mich belogen«, stellte Hauptkommissar Kretzer fest. »Warum hat er das getan, wenn er doch zur Tatzeit auf jeden Fall in Madrid war? Ich glaube, ich muss

Ricardo Heinzel noch mal auf den Zahn fühlen, und kann dann gleich die Liste mit den Bekannten und Freunden seiner Ehefrau anfordern.«

Den Witwer wunderte die Ungeduld des Ermittlers, aber er hatte bei dessen erneutem Besuch die Liste bereits fertig. Mit Dank nahm Kretzer sie entgegen und fragte dann beiläufig:
»Hat Ihr Hund einen Impfpass?«
»Ja, natürlich!«, war die prompte Antwort. »Haben Sie Brutus endlich gefunden?«
»Leider nicht. Wo bewahren Sie den Impfpass gewöhnlich auf?«
»Es fiel mir damals schwer, den Hund meiner Frau zu überlassen, doch sie hatte mich inständig darum gebeten. Sie meinte, sie fühle sich sicherer, wenn Brutus im Haus ist.«
»Also hatte Ihre Frau den Impfpass.«
»Richtig, und wo sie ihn aufbewahrte, weiß ich nicht. Solche Unterlagen sammelte sie normalerweise in einem Fach im Schreibtisch.«
Hauptkommissar Kretzer ließ sich in einen Sessel fallen und machte damit deutlich, noch weitere Fragen zu haben.
»Wissen Sie, Brutus war ein als Wach- und Begleithund ausgebildetes Tier«, erläuterte der Hausherr. »Franziska und ich nahmen ihn überall mit hin. So begleitete er uns auch auf den Reisen zu meiner Mutter nach Andalusien. Da ist ein Impfpass zwingend notwendig.«
»Herr Heinzel, Sie sagten mir, Sie hätten den letzten Flug nicht nehmen können, da dieser überbucht war. Das hat sich nun als Lüge herausgestellt.«
Der Angesprochene nickte betreten.
»Trotzdem war ich nicht in Hamburg.«
»Das weiß ich, aber warum haben Sie mir nicht die Wahrheit gesagt?«

Nun setzte sich auch der Hausherr.

»Ganz einfach. Weil es mir peinlich war und überhaupt nichts mit dem Tod meiner Frau zu tun hat.«

Der Hauptkommissar lächelte versöhnlich.

»Würden Sie es mir trotzdem erzählen?«

»Na gut. Ich wollte den vorletzten Flug nach Hamburg nehmen, aber der war tatsächlich überbucht. Also musste ich warten und setzte mich an den Tresen einer Bar am Flughafen. Eine sehr attraktive Frau wählte bald den Platz neben mir. Wir begannen, miteinander zu flirten. Schnell ließ sie keinen Zweifel daran, dass sie die Nacht im Flughafenhotel nicht allein verbringen wollte. Wir ließen mein Gepäck auf ihr Zimmer bringen. Dann gingen wir gemeinsam essen, anschließend noch in eine Flamenco-Bar. Als wir im Hotelzimmer angekommen waren, warf sie mein Gepäck auf den Flur und drängte mich hinaus. Mit einem Knall schloss sie die Tür vor meiner Nase.«

Bei dieser Erinnerung schüttelte der Mann verständnislos den Kopf.

»Ich habe keine Ahnung, was ihr in den Sinn gekommen war oder ich falsch gemacht hatte. Doch mit diesem unverschämten Verhalten war für mich die Sache erledigt. Nur den letzten Flug hatte ich natürlich verpasst. Im Flughafenhotel war auch kein Zimmer mehr frei. Folglich verbrachte ich eine schlaflose Nacht in der Empfangshalle. Sie verstehen ja wohl, dass ich so eine Erfahrung für mich behalten wollte.«

Mit einem Schmunzeln bestätigte der Hauptkommissar dies.

»Sie nehmen das mit der ehelichen Treue also nicht so ernst.«

»Immerhin hat meine Frau mich verlassen und lebte mit einem anderen Mann zusammen. So etwas zehrt schon am Selbstbewusstsein. Außerdem hielt sie selbst wenig von Treue. Reihenweise verdrehte sie den Männern die Köpfe. Heute denke ich, dass ich mich einfach nur rächen wollte, und die Gelegenheit war günstig. Aber ich bereue es auch. Hätte ich mich nicht verführen lassen, wäre ich rechtzeitig bei Franziska gewesen und hätte sie beschützen können.«

Die Aussage von Ricardo Heinzel klang brutal ehrlich. Der Hauptkommissar verabschiedete sich und ließ einen zerknirschten Mann zurück. Er gestand sich ein, dass ihm dieser Mann langsam sympathisch wurde, was aber seine Urteilsfähigkeit nicht beeinflussen durfte. Noch war die Idee von einem Auftragsmord nicht vom Tisch. Also suchte Kretzer die zuständige Staatsanwältin auf und bat um die notwendigen Genehmigungen, um bei der Bank und den Behörden den Umfang des Erbes der Toten und die Begünstigten ermitteln zu können. Geld war eines der häufigsten Mordmotive.

Auch die Liste von Sebastian Bauer erreichte das Kommissariat noch am selben Tag. Beide Aufstellungen nannten ausschließlich Paare. Nur unterschieden sich die Namen auf den Listen. Es schien so, als habe Franziska Heinzel mit dem Partner auch den gesamten Bekanntenkreis ausgetauscht.

»Bitte versucht, so viele dieser Personen wie möglich für morgen vorzuladen, und verhört jeden von ihnen einzeln«, wies der Hauptkommissar seine Mitarbeiter an.

Deren Maulen verkündete Unmut.

»Richard, was versprichst du dir davon?«, wollte Juan Montez wissen. »Meinst du etwa, einer von denen ist der Mörder?«

»Wir müssen davon ausgehen, dass Franziska Heinzel ihren Mörder kannte und diesen ohne Misstrauen ins Haus ließ. Sie drehte ihm sogar den Rücken zu, was bedeutet, dass sie nicht mit einem Angriff gerechnet hat. Also müssen wir jeden Bekannten in Erwägung ziehen.«

»Doch wenn sie keinen Kontakt mehr zu den Menschen hatte, die zum Bekanntenkreis des Ehemannes gehören, können wir diese doch aussparen«, wand Kommissar Montez ein.

»Vielleicht dürfen wir ihnen eine geringere Priorität zubilligen, aber ausschließen sollten wir sie nicht.«

»Ich bin vor allem darauf gespannt, was die Leute über die Tote zu erzählen haben«, sagte Kim Kaiser. »Bisher wissen wir nämlich wenig über ihre Persönlichkeit, außer dass sie auf Männer sehr anziehend wirkte und das wohl auch wusste.«

»Juan, konnten die Daten der beiden Handys mittlerweile ausgewertet werden?«

»Ja, da waren die Kollegen flott unterwegs. Mit dem einen Handy hat sie offensichtlich nur Kontakt zu ihrem Ehemann gehalten. Auf dessen Mailbox fand sich auch die Nachricht von Ricardo Heinzel, dass er es bedaure, keinen Flug mehr von Madrid nach Hamburg bekommen zu haben, und sich gleich nach seiner Ankunft bei ihr melden würde. Zu Liebesschwüren ließen sich die beiden in ihren SMS nicht hinreißen, aber es knisterte wohl noch immer zwischen ihnen.«

»Kein Wunder«, bemerkte Kim Kaiser schwärmerisch.

»Und was ist mit dem zweiten, zwischen der Unterwäsche gefundenen Handy?«, fragte Hauptkommissar Kretzer.

»Das ist schon interessanter. Mehr als zehn Telefonnummern von Männern sind darauf gespeichert. Etliche davon finden sich auch auf den beiden Listen der Bekannten. Auf der Mailbox fanden sich außerdem flehentliche Bitten um Rückruf, die sie aber nie abgehört hatte. Auch die SMS beantwortete sie nicht.«

»Was stand denn darin?«, fragte Kim Kaiser neugierig.

»Ausschließlich die Bitte um einen Anruf. Weiter nichts.«

»Und auf welchem Handy konnte ihr Lebensgefährte Sebastian Bauer sie erreichen?«

»Dafür hatte die Tote ein ganz offizielles Handy mit einem Vertrag bei einer Telefongesellschaft. Sebastian Bauer überschüttete die Frau geradezu mit zärtlichen Worten und Liebesschwüren per SMS.«

»Was wissen wir eigentlich über diesen Mann?«, fragte Hauptkommissar Kretzer.

»Das habe ich ermittelt«, strahlte Kim Kaiser. »Sebastian Bauer ist 36 Jahre alt und Leiter eines Supermarktes, der seiner Familie gehört. Das Segelboot, mit dem er unterwegs war, ist übrigens nicht sein Eigentum, sondern das seines Freundes, der ebenfalls mit von der Partie war. Sebastian Bauers finanzielle Mittel sind eher bescheiden, da seine Firma schwer unter der Konkurrenz zu leiden hat. Bevor er zu Franziska Heinzel zog, lebte er in einer kleinen Zweizimmerwohnung. Wenn er also nichts erbt, ist seine Trauer über den Verlust verständlich.«

»Nun bleib mal auf dem Teppich, Kim«, empörte sich Juan Montez. »Vielleicht hat er die Verstorbene wirklich geliebt.«

»Also muss ich erst mal feststellen, wer wie viel von Franziska Heinzel erbt«, erkannte der Hauptkommissar. »Gibt es ein Testament?«

»Gefunden wurde von der Spurensicherung keines. Vielleicht liegt es bei einem Notar«, antwortete der Kollege.

»Das werde ich versuchen herauszufinden. Lasst uns Schluss machen. Morgen steht uns ein anstrengender Tag bevor«, verabschiedete sich der Chef.

Auch wenn Richard Kretzer sich einst vorgenommen hatte, die Gedanken an seine Fälle beim Verlassen des Büros zurückzulassen, gelang ihm das fast nie. Beim Abendbrot resümierte er, welche Tatsachen bereits ermittelt wurden, und musste feststellen, dass es sehr wenige waren, die zur Lösung des Falls beitragen konnten. Eine sehr attraktive Frau, die Kontakt zu mehreren Männern hielt, war von hinten brutal erschlagen worden. Damit kamen etliche vermeintliche Täter infrage. Bei denen konnte das Motiv verschmähte Liebe, gekränkte Eitelkeit oder hilflose Wut sein. Aber auch ihre gedemütigten

Partnerinnen hätten ein Motiv. Doch hätte Franziska Heinzel diese einfach in ihr Haus gelassen?

Geldgier war dem Hauptkommissar als Grund für einen Mord angenehmer. Bei so einem Motiv musste er nicht in der Privatsphäre der Verdächtigen wühlen. Oder war es doch nur ein Raubmord gewesen? Dagegen sprach aber, dass der offen auf einer Anrichte liegende Laptop der Toten nicht gestohlen worden war. Es schien nur der Schmuck der Toten zu fehlen. Sollte dieser Diebstahl die Ermittler auf eine falsche Fährte locken? Sein Instinkt sagte, dass er dem wahren Motiv für den Mord noch nicht auf die Spur gekommen war.

Seine Recherchen bezüglich der finanziellen Verhältnisse und der Erben der Toten enttäuschten den Hauptkommissar heftig. Franziska Heinzel war praktisch mittellos gewesen. Das Haus gehörte ihren Eltern, die auch die Ausgaben mit der Kreditkarte übernahmen. Zusätzlich überwiesen sie ihrer Tochter jeden Monat 3000 Euro auf ihr Konto, von dem die laufenden Ausgaben wie die private Krankenkasse bezahlt wurden. Die Ermordete verfügte weder über ein Sparguthaben noch eine Lebensversicherung. Alles, was sie besaß, hatten ihre Eltern gekauft. Folglich hatte Franziska Heinzel nichts zu vererben.

Es war schon Nachmittag, als Richard Kretzer das Büro erreichte. Seine Mitarbeiter hatten bereits etliche Leute aus dem Bekanntenkreis der Toten verhört und wirkten sehr erschöpft. Stumm saßen sie vor ihrem Kaffee und waren in Gedanken versunken.

»Na, ihr beiden, wart ihr fleißig?«, begrüßte er seine Kollegen.

»Über Stunden musste ich mir immer das Gleiche anhören«, murrte Juan Montez.

»Ich auch«, klagte Kim Kaiser.

»Dann ist es ja einfach, mir eine Zusammenfassung zu geben. Also Kim, Ladys first.«

»Alle Frauen waren zuerst zurückhaltend. Sie gaben zu, die Tote zu kennen und gelegentlich mit ihr und ihrem Partner oder Ehemann gefeiert zu haben. Ansonsten hatten sie kaum Kontakt zu Franziska Heinzel. Sie wollten wohl nicht schlecht über eine Tote sprechen und ich musste mich echt anstrengen, ihnen Informationen zu entlocken.«

»Das können Frauen eben besser als wir Männer«, warf der Hauptkommissar ermutigend ein.

»Um es kurz zu machen: Keine der Frauen mochte die Verstorbene. Sie schätzten sie als selbstgefällig, verzogen und hinterhältig ein. Offensichtlich flirtete Franziska Heinzel mit jedem Mann, der ihr in die Finger kam. Dabei war es ihr ganz egal, ob dieser gebunden oder sogar verheiratet war. Ganz öffentlich setzte sie ihre Attraktivität und ihr geschicktes Umgarnen ein. Doch achtete sie sorgfältig darauf, dass ihr Verhalten keine Grenzen überschritt, die sie angreifbar machten. Wurde sie von einer der Frauen angesprochen, lächelte Franziska Heinzel nur, unterstellte ihr unbegründete Eifersucht und lächerlichen Verfolgungswahn. Doch bei den Männern schien sie durchaus einen nachhaltigen Eindruck zu hinterlassen.«

»Das kannst du wohl laut sagen«, bestätigte Juan Montez. »In epischer Breite musste ich mir anhören, was für eine sinnliche und faszinierende Persönlichkeit die Ermordete gewesen war. Die tiefe Betroffenheit über ihr Ableben war einigen der befragten Männer deutlich anzusehen. Nur meine Frage, ob einer von ihnen ein Verhältnis mit Franziska Heinzel gehabt habe, verneinten alle. Ich weiß aber nicht, ob ich das glaube. Wenigstens gaben einige zu, sich heimlich mit ihr getroffen zu haben. Allerdings geschah dies nach deren Aussagen immer an neutralen Orten wie in einem Café.«

»Also haben wir jetzt eine ganze Schar von Verdächtigen von

verschmähten Männern bis zu eifersüchtigen Partnerinnen. Na, bravo. Doch bleibt die Frage, ob Franziska Heinzel eine dieser Personen ganz unbedarft in ihr Haus gelassen hätte. War die Tote tatsächlich so arglos und von sich eingenommen, dass sie keine Gefahr in so einem Besuch sah? Mir geht der Fall langsam auf die Nerven. Habt ihr nach den Alibis der Leute gefragt?«

»Natürlich, Chef«, sagte Juan Montez beinahe beleidigt. »Von den acht Männern haben sechs ein zwar von mir noch nicht überprüftes, aber durchaus glaubhaftes Alibi. Nur zwei von ihnen waren zu Hause und können nur ihre Partnerinnen als Beweis dafür angeben.«

»Da hattest du mehr Glück als ich«, mischte sich Kim ein. »Nur zwei der von mir Befragten waren zusammen im Fitnessstudio. Die anderen saßen allein oder mit ihren Partnern zu Hause.«

»Also überprüft noch mal genau alle Alibis. Mehr fällt mir im Moment auch nicht ein.«

»Übrigens hat Maria Gonzales vorhin angerufen. Sie fühlt sich durch den Tod von Franziska Heinzel so belastet, dass sie zu ihren Eltern nach Spanien zurückkehren möchte. Ich habe mein Okay gegeben. Die Haushälterin gehört ja wohl nicht zu den Verdächtigen.«

»Das war etwas zu voreilig«, tadelte der Hauptkommissar seinen Mitarbeiter. »Wir hätten sie vorher noch einmal befragen sollen.«

»Das tut mir leid, aber sie ist wohl schon abgeflogen. Doch was versprichst du dir von einem Verhör der Frau?«

»Das weiß ich auch nicht, doch nun ist es sowieso zu spät. Lasst uns unsere Arbeit machen.«

Am nächsten Tag reisten die Eltern von Franziska Heinzel aus Florida an und verlangten die Freigabe der Leiche. Sie bestanden darauf, die Tote in den USA beizusetzen. Außerdem sollten das Haus, die Möbel, das Auto und was ihre Tochter sonst noch genutzt hatte, möglichst umgehend verkauft werden. Ricardo Heinzel wehrte sich anfangs gegen das Vorgehen, fügte sich aber letztlich in den Wunsch der Eltern. Diese scheuten sich auch nicht, den Lebensgefährten der Toten, Sebastian Bauer, rüde vor die Tür zu setzen.

Die Ermittlungen der Kriminalpolizei waren in einer Sackgasse gelandet, was Hauptkommissar Kretzer ärgerte. In seiner ganzen Laufbahn hatte er bisher alle Morde aufgeklärt. Nun schien es, als würde die Tote einfach verschwinden und der Fall damit abgeschlossen sein.

Nur Kommissar Montez war erleichtert. Ungern hätte der die Aufklärung des Falls versäumt, aber schon vor einem halben Jahr hatte er seinen Urlaub geplant. Den wollte er nun antreten.

»Wo soll es denn diesmal hingehen, Juan?«, fragte Richard Kretzer am Tag vor der Abreise.

»An die andalusische Atlantikküste. Ich habe da ein gutes und günstiges Hotel gefunden. Sonne, Strand, Flamenco, und ich kann endlich mal wieder Spanisch sprechen.«

Der Hauptkommissar kam ins Grübeln.

»Haben sich nicht Ricardo und Franziska Heinzel an dieser Küste kennengelernt? Lebt nicht sogar die Mutter des Witwers dort?«

Hastig wühlte er in seinen Unterlagen und verkündete schließlich.

»Ja, und auch Maria Gonzales stammt aus dieser Gegend.«

»Was willst du damit sagen, Chef?«, fragte der Kommissar mit düsteren Vorahnungen.

»Das wäre doch eine gute Gelegenheit, vor Ort etwas zu recherchieren. Der Fall Franziska Heinzel ist ja noch nicht gelöst. Mit deinen Kenntnissen der Sprache kannst du dich ganz ungezwungen etwas umhören. Irgendwie habe ich den Verdacht, das Motiv für den Mord könnte in Spanien liegen.«

»Richard, ich habe Urlaub und den will ich genießen.«

»Das verstehe ich, aber schon mein erster Ausbilder warnte mich, dass ein Beamter immer im Dienst sei.«

»Sei mir nicht böse, Richard, aber in meiner Freizeit möchte ich wirklich nicht an den Job, Mord oder Verdächtige denken.«

»Gut, dann genieße deinen Urlaub, lass dich verwöhnen und komme gut erholt zurück«, wünschte der Hauptkommissar seinem Kollegen und wusste doch, dass er einen Samen in dessen Kopf gepflanzt hatte, der sicher aufgehen würde. Juan Montez war mit Herz und Seele bei der Kriminalpolizei und mehr als glücklich, der Mordkommission anzugehören. Ein Schnüffler blieb eben auch im Urlaub ein Schnüffler.

Schon kurz darauf mussten sich der Hauptkommissar und Kim Kaiser mit einem neuen Todesfall beschäftigen. Ein Mann mittleren Alters war zusammengesunken sitzend auf einer Parkbank an der Alster, nicht weit von einem bekannten Café, aufgefunden worden. Doch schon bald ergaben die Untersuchungen der Leiche und ein im Sakko des Toten gefundener Abschiedsbrief, dass es sich um einen Selbstmord mit Tabletten handelte.

Stutzig hatte den Hauptkommissar am Anfang gemacht, dass er den Namen des Mannes von einer der Listen der Bekannten von Franziska Heinzel kannte. Doch seine Hoffnung, endlich den Mörder der Frau gefunden zu haben, bewahrheitete sich nicht. Der Tote hatte für die Tatzeit ein unumstößliches Alibi.

»Hast du seinen rührseligen Abschiedsbrief gelesen?«, fragte Kommissarin Kaiser ihren Vorgesetzten.

»Natürlich. Ich kann kaum glauben, dass ein verheirateter Mann sich wegen einer anderen Frau umbringt. Und dass diejenige auch noch Franziska Heinzel war, ohne die er nicht mehr leben wollte, bezeugt, welchen verheerenden Einfluss diese Frau auf Männer hatte. Eigentlich können wir froh sein, dass sie tot ist, denn sonst müssten wir uns vielleicht mit einer Flut von verschmähten Liebhabern, die den Freitod suchen, herumschlagen.«

»Richard, ich bitte dich. Wie kannst du nur so denken«, tadelte die Kommissarin.

»Wenn ich diesen Gedanken weiterführe, sollten wir unsere Ermittlungen verstärkt auf Frauen richten. Deren Eifersucht ist zu erstaunlichen Taten fähig.«

»Aber Frauen morden doch mehrheitlich mit Gift oder anderen hinterhältigen Methoden«, wand Kim Kaiser ein. »Es liegt kaum im weiblichen Wesen, einen Menschen mit großer Kraft brutal von hinten zu erschlagen.«

»Du als Frau musst das ja wissen. Trotzdem bitte ich dich, die Frauen ohne Alibi nochmals zu verhören.«

Noch am Tag seiner Abreise erschien Juan Montez nachmittags im Büro des Hauptkommissars, während dieser gerade lästige Schreibarbeiten abarbeitete.

»Juan, was machst du denn hier?«, rief Richard Kretzer erstaunt aus und hatte doch die Ahnung, dass sein listig gestreuter Samen aufgegangen war.

»Ich habe dir unheimlich viel zu berichten«, sagte dieser voller Vorfreude.

»Und dafür hast du deinen Urlaub abgebrochen? Du hast dich doch nicht Hals über Kopf verliebt und willst nach Spanien auswandern?«

»Blödsinn! Bitte hol du uns einen Kaffee und hör mir dann genau zu.«

Normalerweise versorgten seine Mitarbeiter den Hauptkommissar mit Kaffee und nicht umgekehrt, doch diesmal wollte er, getrieben von Neugierde, eine Ausnahme machen. Als dann beide Männer, das dampfende Getränk in den Händen, auf ihren Bürostühlen saßen, begann Juan Montez:

»Als ich heute Vormittag auf dem Flughafen von Málaga ankam, suchte ich zuerst den Stand der Autovermietung, wo ich einen Wagen bestellt hatte. Dabei sah ich plötzlich Maria Gonzales, die gerade in den Abflugbereich einer Maschine nach Hamburg ging. Seltsamerweise musste ihr Koffer zwar durch die Sicherheitskontrolle, aber sie selbst wurde von einem spanischen Beamten daran vorbeigeleitet. Kurz darauf erfuhr ich, dass das bestellte Auto an meinem Hotel abgestellt worden war. Also nahm ich ein Taxi.

Aber die Szene mit Maria Gonzales ließ mich nicht los. Also fragte ich ganz beiläufig den Taxifahrer nach dieser Frau. Nun war dieser nicht mehr zu bremsen. Maria Gonzales ist die einzige Tochter von Fernando Gonzales, einem der reichsten Männer der Region. Schon seit Generationen züchtet die Familie Kampfstiere auf einem riesigen Anwesen. Doch zwischenzeitlich hat sie ihre Finger in fast allen Geschäften in Andalusien und einige behaupten sogar darüber hinaus. Maria Gonzales hat drei Brüder, die alle in dem Familienunternehmen aktiv sind. Aber sie war die Erstgeborene und sollte natürlich einen einflussreichen und vermögenden Mann heiraten. Doch schon als Mädchen wollte sie ihren Brüdern ebenbürtig sein. Sie ritt wie der Teufel und lernte treffsicher schießen. Außerdem erstritt sie von ihren Eltern eine gehobene Schulausbildung, landete sogar auf einem Schweizer Internat. Doch alle Anstrengungen der Familie Gonzales, die junge Frau unter die Haube zu bringen, scheiterten an ihrem Widerstand. Stattdessen wollte sie studieren.

Die gehobene andalusische Gesellschaft rümpfte die Nase über dieses Mannweib. Eine stattliche Mitgift hätte ihr jede Tür geöffnet, aber sie lehnte alle Anträge ab. Doch eines Tages schien es auch sie erwischt zu haben, doch niemand kannte den Glücklichen. Wenigstens die Aussicht auf Marias baldige Heirat stimmte die Familie fröhlich. Aber irgendetwas kam dann doch dazwischen. Jedenfalls lief der damals 25-Jährigen langsam die Zeit davon. ›Alte Jungfer‹ und ›Ladenhüter‹ waren noch die höflichsten Titel, mit denen sie bedacht wurde.

Ihr Vater versuchte, Maria in eine Heirat mit einem Großindustriellen zu zwingen, aber dieser strich angesichts der Widerborstigkeit der Frau auch bald die Segel. Die Familie Gonzales musste trotz des vielen Geldes damit leben, eine unvermittelbare Tochter zu haben. Und alle ließen Maria spüren, dass sie eine Schande für ihr Geschlecht war. Kaum jemand in der andalusischen Gesellschaft lud sie noch ein oder pflegte Umgang mit ihr. In Madrid studierte sie Lehramt, aber keine Schule in der Region wollte sie einstellen. Maria Gonzales hätte ein begütertes, zufriedenes Leben führen können, aber das hat sie sich selbst durch ihre Sturheit und ihren Hochmut verbaut. Mal ehrlich, wer will sich denn mit so einer Frau abgeben?«

Juan Montez grinste zufrieden und wartete auf einen Kommentar seines Chefs.

»Also hätte es die Frau gar nicht nötig gehabt, als Haushälterin bei Franziska Heinzel zu arbeiten. Oder hat die enttäuschte Familie ihr jede weitere Unterstützung versagt?«

»So weit sind die Eltern wohl doch nicht gegangen. Familiensinn steht in Andalusien sehr hoch im Kurs.«

»Und konntest du etwas über den geheimnisvollen Unbekannten herausfinden, von dem Maria Gonzales einst glaubte, er würde sie heiraten?«

»Das Einzige, was ich erfahren konnte, ist, dass es sich vermutlich um einen Ausländer handelte, der in Andalusien Urlaub machte.«

»Das könnte dann dieser attraktive Ricardo Heinzel gewesen sein.«

»Auf die Idee bin ich auch schon gekommen«, bestätigte Juan Montez. »Das würde erklären, warum Maria Gonzales zurück nach Hamburg geflogen ist. Das alles ließ mir keine Ruhe, weshalb ich gleich den nächsten Flieger genommen habe.«

»Das heißt, die Frau ist tatsächlich wieder in Hamburg. Das sind wahrlich interessante Neuigkeiten. Und was schließen wir nun daraus?«

Juan Montez setzte sich aufrecht hin und sagte:

»Nehmen wir mal an, Maria Gonzales verliebte sich in Ricardo Heinzel, als er bei seinen Großeltern Urlaub machte. Das kann ja schon geschehen sein, als beide noch Teenager oder gerade Anfang 20 waren. Nehmen wir weiter an, beide wurden ein Paar. Das erklärt, warum Maria Gonzales keinen anderen Mann heiraten wollte. Sie war sich wohl sicher, dass Ricardo Heinzel ihr einen Antrag machen würde. Aber dann trat Franziska in sein Leben und der Mann entschied sich für sie. Das musste Maria wie ein Verrat vorgekommen sein. Aber warum hätte sie sechs Jahre warten sollen, um die Rivalin zu töten?«

»Damals war die Frau erst 25 Jahre alt. Vielleicht kam ihr ein Mord noch gar nicht in den Sinn«, antwortete Hauptkommissar Kretzer. »Wenn Maria Gonzales wirklich die Mörderin von Franziska Heinzel ist, muss es einen weiteren Auslöser gegeben haben, der sie zu der Tat antrieb.«

»Ich finde es schon selbstquälerisch genug von Maria Gonzales, einen Job bei der Konkurrentin anzunehmen. Allerdings konnte sie sie dadurch besser kennenlernen und ihre Gewohnheiten studieren.«

»Aber warum sollte sie gerade nach der Trennung des Mannes ihrer Begierde und dessen Ehefrau zur Mörderin werden?«

Die beiden Ermittler grübelten. Schließlich sagte Hauptkommissar Kretzer:

»Weil Maria Gonzales einen zweiten Versuch, Ricardo Heinzel für sich zu gewinnen, startete und abgewiesen wurde.«

»Aber dann hätte sie doch einsehen müssen, dass es keine Chance mehr für sie gibt.«

»Ich habe gehört, dass verletzte Frauen oft die Schuld für eine Ablehnung nicht bei dem Mann, sondern bei der Rivalin suchen«, erläuterte Kretzer.

Wieder herrschte nachdenkliche Stille. Dann sprang Hauptkommissar Kretzer auf und sprach beunruhigt:

»Oder Maria Gonzales tötete einfach aus Rache für die erfahrenen Demütigungen. Doch dann ist ihr Plan vielleicht noch nicht beendet.«

»Du meinst, sie will auch Ricardo Heinzel töten?«

»Das ist möglich. Warum sonst sollte sie schon wieder in Hamburg sein? Juan, du erzähltest, dass Maria Gonzales heute Vormittag ihren Flug unter Umgehung der Sicherheitskontrolle angetreten ist. Außerdem sei sie eine treffsichere Schützin. Also könnte sie bei dieser Gelegenheit eine Waffe in unsere Stadt geschmuggelt haben.«

»Wo ist eigentlich Kim?«, frage Juan.

»Bei einer Befragung. Ich rufe sie gleich mal an«, antwortete der Hauptkommissar und zückte sein Handy.

»Hallo, Kim, breche bitte die Befragung sofort ab. Wir treffen uns vor dem Haus von Ricardo Heinzel. Hast du deine Waffe dabei? – O. k., ich hole sie für dich aus dem Waffenschrank und bringe sie mit. Beeil dich. – Es gibt interessante neue Entwicklungen. Das erkläre ich dir vor Ort.«

Damit war das Gespräch beendet und Kretzer begab sich zum Waffenschrank. Es war schon erstaunlich, dass ausgerechnet die beste Schützin der Hamburger Polizei ungern ihre Dienstwaffe trug. Sie fürchtete sich davor, auf einen Menschen schießen zu müssen. Bisher blieb ihr das auch erspart. Doch der Hauptkommissar war froh, die Kollegin dabei zu haben, denn er war ein schlechter Schütze und die Ermittler wussten nicht, was sie erwartete. Er hoffte nur, dass sie nicht zu spät kommen würden.

Es klingelte an der Tür, als Ricardo Heinzel gerade konzentriert über einer Risikoberechnung saß. Etwas ungehalten ob der Störung öffnete er und stand vor der freundlich lächelnden Maria Gonzales.

»Hallo, Maria«, begrüßte er die Frau. »Du bist wieder in Hamburg?«

»Wie du siehst. Ich habe dir eine Flasche edlen spanischen Cognac mitgebracht und dachte, wir trinken ein Glas zusammen.«

Bei den Worten deutete die Besucherin auf ihre monströse Handtasche von einem bekannten Designer. Der Hausherr wollte nicht unhöflich sein, doch war er wenig erfreut über diesen Besuch. Ohne Umschweife steuerte Maria das Wohnzimmer an, schritt wie selbstverständlich zur Anrichte, entnahm ihr zwei Cognacschwenker aus Kristall und stellte sie auf den niedrigen Couchtisch. Dann griff sie in ihre Tasche, holte eine edel verpackte Flasche hervor und reichte sie Ricardo Heinzel. Ganz offensichtlich handelte es sich um ein teures Getränk.

Maria Gonzales setzte sich in einen Sessel gegenüber der Couch, auf der der Hausherr Platz nahm, nachdem er die Gläser spärlich gefüllt hatte. Der Besuch der Frau war ihm unangenehm und er mühte sich redlich, das zu verbergen. Etwas hilflos begann er:

»Wie geht es dir, Maria?«

»Spar dir deine Floskeln. Bei unserem letzten Gespräch hast du mir deutlich gesagt, dass du kein Interesse an mir hast.«

Ricardo Heinzel blickte zur Tür, der Maria den Rücken zukehrte. Am liebsten wäre er geflohen, denn er hasste solche Aussprachen und hatte gehofft, beim letzten Treffen alle Zweifel an seinen Absichten der Frau gegenüber ausgeräumt zu haben. Was wollte Maria noch von ihm? Nun zog sie etwas aus ihrer Tasche, was wie der Schwanz eines Hundes aussah.

»Na, erkennst du das?«, fragte sie mit einem bösartigen Lächeln. »Es ist auch ein Geschenk für dich.«

Damit warf sie es zu dem Mann hinüber.

Ricardo Heinzel wich dem haarigen Etwas aus und erschrak, als es neben ihm auf der Couch landete. Er wagte nicht, den Hundeschwanz zu berühren, doch ihm wurde schlagartig klar, dass er zu seinem Schäferhund Brutus gehörte. Entsetzt schaute er Maria an.

»Ich nahm den Hund mit in meine Heimat, aber er wollte mir nicht mehr gehorchen. Da musste ich ihn erschießen.«

Das teuflische Grinsen in Marias Gesicht erregte den Hausherren so sehr, dass er von seinem Platz aufsprang. Blitzschnell holte die Frau eine Waffe aus ihrer Handtasche und herrschte ihn an:

»Setzt dich, Ricardo!«

Vollkommen fassungslos starrte dieser zuerst auf die Waffe und dann in Marias Gesicht. Blanker Hass schlug ihm entgegen. Er wusste, dass Maria eine hervorragende Schützin war. Nun war er sicher, dass sie von diesem Talent auch Gebrauch machen würde. Kraftlos sank er zurück auf das Sofa.

»Weißt du noch, wie wir uns vor vielen Jahren bei einem Ritt am Strand kennenlernten?«, hörte der Mann eine freundliche Stimme wie aus weiter Ferne. Seine Gedanken schlugen Purzelbäume, bis er schließlich sagte:

»Hast du Franziska getötet?«

»Diese widerliche, herzlose Frau hatte es nicht anders verdient. Du hast ja nie bemerkt, dass ich schon seit eurer Trennung bei ihr als Haushälterin arbeitete. Ich habe sorgfältig darauf geachtet, dass du mich dort nie zu Gesicht bekommst. Und das war ja auch in Franziskas Sinn. Schon am ersten Tag erklärte sie mir, dass Hauspersonal unsichtbar zu bleiben hat, es sei denn, es wird gerufen.«

Maria Gonzales ließ ein irrsinniges Lachen ertönen. Ricardo Heinzel nahm einen großen Schluck Cognac.

»Sie hat mich wie eine unbedeutende Dienstmagd behandelt. Nie richtete sie ein nettes Wort an mich oder fragte nach meinem Befinden. Aber ich belauschte etliche Telefongespräche mit anderen Männern. Sie war ein treuloses Luder, eine Hure.« Maria sah den Hausherren an, als erwarte sie eine Bestätigung von ihm, aber er schwieg.

»Ständig hast du mir bei deinen Besuchen in Andalusien Hoffnungen gemacht. Wir sind zusammen ausgeritten, haben Cafés und Flamenco-Bars besucht. Wir waren ein Paar, und wenn diese Frau nicht gekommen wäre, hättest du um meine Hand angehalten.«

»Aber ich habe dich nicht einmal geküsst«, stammelte der Angesprochene entgeistert.

»Natürlich nicht. Das gebot schließlich der Anstand. Wir waren ja noch nicht verlobt. Aber du hast mich mit dem Respekt behandelt, der einer Frau aus meinen Kreisen gebührt.«

Ricardo Heinzel verheimlichte lieber, dass er den Kontakt zu Maria nur forciert hatte, um mit ihrem Vater ins Geschäft zu kommen. Zwar hegte er auch Sympathie für diese starke Frau, aber mit Liebe hatte das nie etwas zu tun gehabt. Wie war Maria nur auf die Idee gekommen, aus beiden hätte jemals ein Paar werden können?

»Diese Franziska hat dich umgarnt, verführt und ausgenutzt. Wie eine Fliege zappeltest du hilflos in ihrem Netz. Wenn ich nicht bei eurem Kennenlernen zum Studium in Madrid gewesen wäre, hätte ich dich retten können.«

Diese Ansichten regten Ricardo Heinzel so sehr auf, dass er sich erheben wollte. Aber sogleich forderte Maria:

»Bleib lieber sitzen, sonst muss ich dir ins Knie schießen und das ist äußerst schmerzhaft.«

Dabei richtete sie die Waffe in seine Richtung und der Hausherr wusste, dass die Warnung ernst gemeint war.

Also fragte er nur erschüttert: »Warum?«

»Ich hatte gehört, dass Franziska zu dir zurückkehren wollte. Das musste ich um jeden Preis verhindern. Also sorgte ich mit der Hilfe einer Freundin dafür, dass du deinen Flug nach Hamburg verpassen musstest. Dass dieser Plan aufgehen würde, hatte ich erst gar nicht erwartet, denn ich hielt dich für treu. Aber du bist eben auch nur ein Mann. Somit war sicher, dass Franziska allein zu Hause sein würde. Da diese Zicke mir nicht mal einen Hausschlüssel anvertrauen wollte, musste ich klingeln und mir unter dem Vorwand, ich hätte mein Handy vergessen, Eintritt verschaffen. Die Gute öffnete vollkommen arglos und drehte mir, der unbedeutenden Haushälterin, gleich den Rücken zu. Diese Missachtung meiner Person ließ mich sofort zu dem Kerzenleuchter neben der Wohnzimmertür greifen. Und dann schlug ich mit meiner ganzen Wut zu. Als ich Franziska mit beinahe gespaltenem Schädel auf dem Boden liegen sah, fühlte ich mich unheimlich erleichtert. Die Teufelin röchelte noch. Also ging ich auf die Knie und schaute in ihre sterbenden Augen. Welch ein Triumph.«

Ricardo Heinzel musste sich zusammenreißen, um nicht auf den Tisch zu kotzen.

»Na, wie gefällt dir die Geschichte?«

Der Hausherr sah sich einer Wahnsinnigen gegenüber und fürchtete nun um sein eigenes Leben. Wie nur konnte er diese Frau bremsen? Doch so, als hätte sie seine Gedanken gelesen, sagte Maria:

»Wage ja nicht, mir wieder Hoffnungen zu machen. Ich habe so viele Demütigungen durch dich und andere Menschen erfahren, dass nur noch die süße Rache mein Herz erfreuen kann. Und ich will dich leiden sehen, so wie ich gelitten habe.«

Vor dem Haus waren zuerst Hauptkommissar Kretzer und sein Kollege angekommen. Während sie auf Kim Kaiser warteten, schlich Juan Montez um das Haus, spähte kurz durch das Wohnzimmerfenster und eilte dann zurück.

»Maria Gonzales bedroht den Hausherren mit einer Waffe.« Kaum hatte er das ausgesprochen, gingen die Rollläden runter.

»Scheiße!«, kommentierte Kretzer. »Wenn wir mit Gewalt versuchen, ins Haus zu kommen, wird die Frau schießen. Das bringt Ricardo Heinzel und uns in große Gefahr.«

Dann erschien Kim Kaiser und hielt strahlend einen Schlüssel in der Hand.

»Ich war noch kurz bei der Haushaltshilfe von Herrn Heinzel. Sie erzählte mir, dass sie Angst um ihren Job hat, weil sie die nun arbeitslose Maria Gonzales bei Herrn Heinzel sah. Ich konnte sie beruhigen und überzeugen, mir den Haustürschlüssel zu geben.«

»Das hast du toll gemacht, Kim«, lobte der Hauptkommissar. »Ich habe jetzt keine Zeit, dir alles zu erklären. Wir müssen dort rein, denn ich fürchte, Maria Gonzales will Ricardo Heinzel etwas antun.«

Kim zeigte sich erschrocken.

»Wir müssen ihm unbedingt helfen!«

»Aber wir müssen sehr leise sein, dürfen von Maria Gonzales nicht bemerkt werden. Zum Glück sitzt sie mit dem Rücken zur Wohnzimmertür. Hier ist deine Waffe, Kim. Juan und du, ihr geht rein. Ich gebe euch drei Minuten, dann starte ich ein Ablenkungsmanöver. Denk bitte daran, dass auch ein tödlich getroffener Mensch noch abdrücken kann. Überlege also genau, Kim, wie du die Frau außer Gefecht setzen kannst.«

Es war wohl die Sympathie für den attraktiven Ricardo Heinzel, die die junge Kommissarin alle Ängste beiseiteschieben ließ. Voller Entschlossenheit machte sie sich mit Juan Montez auf den Weg. Leise öffneten sie die Haustür und schlichen auf den Flur. Es kam ihnen zugute, dass sie das Haus schon kannten. Aus dem Wohnzimmer klang die Stimme von Maria Gonzales:

»Warum hast du mich so getäuscht? Bin ich dir nicht hübsch genug? Mit meiner Mitgift hätten wir ein sorgenfreies Leben führen können. Doch diese Franziska musste alles zerstören. Aber nun ist sie tot und du willst mich immer noch nicht. Ich verfluche dich!«

Ricardo Heinzel entglitten die Gesichtszüge vor Angst ob des unverhohlenen Hasses, der ihn traf. So war in seinem Gesicht nicht zu erkennen, dass er die beiden Kommissare in der Wohnzimmertür entdeckt hatte. Maria Gonzales lachte gehässig. Ihre Waffe war auf die Knie des Hausherrn gerichtet.

Plötzlich flog von außen laut scheppernd ein Stein gegen den Rollladen. Instinktiv drehte sich Maria Gonzales in die Richtung, aus der das Geräusch gekommen war. Dabei zielte ihre Waffe nun auf das Fenster. Kim Kaiser kniete sich aufs rechte Knie, visierte die Hand der Frau an und schoss genau durch deren Mitte. Dabei wurde auch die Waffe getroffen und flog rücklings in Ricardo Heinzels Schoß. Maria Gonzales schrie auf.

Die blutende Hand notdürftig versorgt, wurde die Verdächtige von Juan Montez abgeführt. Sowohl Verstärkung als auch ein Krankenwagen waren bereits von dem Hauptkommissar herbeigerufen worden. Kim Kaiser lehnte zitternd im Rahmen der Wohnzimmertür. Sie hatte zum ersten Mal auf einen Menschen geschossen. Dann spürte sie plötzlich die Hand von Ricardo Heinzel auf ihrer Schulter.

»Danke, Sie haben mir das Leben gerettet.«

Sein Blick streichelte die fröstelnde Seele der Frau und sie lächelte. Hauptkommissar Kretzer trat neben die beiden.

»Herr Heinzel, ich denke, ihre Aussage wird Zeit bis morgen haben. Und dir, Kim, gebe ich den Rest des Tages frei.«

Dann verabschiedete er sich und schmunzelte bei dem Gedanken, was die beiden Zurückgebliebenen wohl aus den aufwühlenden Erlebnissen machen werden.

Die unsichtbare Tote

Wieder fuhr Hauptkommissar Kretzer durch das noble Wohngebiet, in dem sich auch sein letzter Mordfall ereignet hatte. Auf dem Weg zu einem neuen Tatort fragte er sich, ob die großzügigen Häuser und gepflegten Gärten rechts und links der Straße vielleicht nur Mörder verbargen. Dabei lag die Gegend an diesem Samstagmorgen so friedlich da, als hätte nichts Böses Platz auf dieser Welt. Die meisten Bewohner schliefen wohl noch oder saßen beim Frühstück.

Doch als er sein Ziel erreichte, zeigte sich mehr Leben. Die Anwesenheit eines Polizeiautos und der Spurensicherung hatte die Aufmerksamkeit der Anwohner geweckt. Mehrere Personen standen an ihren Gartenzäunen und spähten neugierig und tuschelnd in die Richtung, wo sich Uniformierte und Ermittler um ein Gebüsch scharten. Der Ort war mit einem rot-weißen Flatterband abgesperrt. Gerade traf auch der Gerichtsmediziner, gefolgt von einem Leichenwagen, ein.

Ein für den Hauptkommissar vertrautes Szenario, und als er sah, dass ein Beamter schon einen Becher mit Kaffee in der Hand hielt, musste er grinsen. Es war eben bekannt, dass er ohne dieses Getränk morgens unausstehlich war. Etwas abseits wurde ein älterer Herr mit Hund vernommen. Kretzer vermutete sofort, dass dieser die Leiche gefunden haben musste. Wie vielen Spaziergängern mit Hunden hatten sie solche Entdeckungen schon zu verdanken. An diesem sonnigen Tag hätte der Hauptkommissar aber gern darauf verzichtet, zumal seine engsten Mitarbeiter frei hatten. Juan Montez würde erst am Montag von seinem Andalusien-Urlaub zurückkehren und Kim Kaiser hatte das Wochenende frei. Vielleicht war sie ja mit dem äußerst attraktiven Mann verabredet, der als Witwer des letzten Mordopfers zu den Verdächtigen gehört hatte. Immerhin rettete die Kommissarin ihm das Leben.

Wortlos und wenig motiviert nahm der Hauptkommissar den Kaffeebecher entgegen und schritt zu der Leiche. Ein Blick auf die junge Frau ließ ihn sofort mutmaßen, dass sie nicht in dieser vornehmen Gegend wohnte. Ihre Jeans waren ausgefranst und genauso schmutzig wie ihr abgetragenes Sweatshirt. Auch die Haare hätte sie sich mal wieder waschen können. Nur ihr ungeschminktes Gesicht zeigte edle Züge, die so gar nicht zu der sonstigen Erscheinung passten.

»Was haben wir?«, fragte der Hauptkommissar.

Dienstbeflissen antwortete ein Streifenpolizist:

»Eine weibliche Leiche, offensichtlich erschlagen.«

»Irgendwelche Papiere, die auf die Identität der Toten schließen lassen?«

»Fehlanzeige.«

»Wann wurde sie gefunden?«

»Vor einer Dreiviertelstunde von dem Mann mit dem Hund da hinten.«

»Sonst irgendwelche Spuren?«

Der Streifenpolizist zuckte die Achseln.

Der Gerichtsmediziner beugte sich über die Leiche, betastete sie und zückte ein Thermometer. Der Hauptkommissar wandte sich wieder an den Streifenpolizisten.

»Befragen Sie bitte die Nachbarn, die dort stehen, ob sie sachdienliche Hinweise geben können.«

Dann wollte er von den Kollegen der Spurensicherung wissen, ob diese Hinweise auf das Tatwerkzeug oder andere Dinge gefunden hätten, die für die Ermittlungen hilfreich sein könnten. Beides wurde verneint. Lediglich verwischte Fußabdrücke, zwei weggeworfene Zigarettenschachteln und ein Hundehaufen waren entdeckt worden.

Um die anderen nicht bei ihrer Arbeit zu stören, schritt

Hauptkommissar Kretzer den hohen Metallzaun entlang, der direkt neben dem Fundort der Leiche begann. Dicke Stangen aus schwarzem Gusseisen, gekrönt von Spitzen, die an Speere erinnerten, ließen die Vermutung zu, dass die Eigentümer ihren Besitz unbedingt schützen wollten. Dichter Bewuchs hinter dem Zaun ermöglichte keinen Blick auf den Garten oder gar das Haus. Schon das stattliche Grundstück in dieser Gegend musste ein Vermögen wert sein.

Plötzlich bemerkte Kretzer einen kleinen Jungen hinter dem Zaun, der eilig etwas zurückzog, das eben noch über den Bürgersteig geragt hatte. Offensichtlich hatte er sich einen Weg durch das Gestrüpp gebahnt. Doch der Bube rannte nicht weg, sondern betrachtete mit Interesse den sich nähernden Mann.

»Na, mein Junge, wohnst du hier?«, begann der Hauptkommissar ein Gespräch, aber er bekam keine Antwort. Stattdessen wurde er von Kopf bis Fuß gemustert. Nun erkannte er auch, was der Junge in seiner rechten Hand hielt. Es war ein Holzstock, an dessen Ende ein kleiner Spiegel mit Klebeband befestigt war. Offensichtlich hatte der Knabe diese Konstruktion benutzt, um beobachten zu können, was sich an dem Fundort der Leiche abspielte. Ein cleveres Bürschchen. Dann erklang eine weibliche Stimme aus dem Hintergrund:

»Vincent, wo bist du? Komm bitte zum Frühstück rein.«

Der Junge rührte sich nicht. Hauptkommissar Kretzer fragte sich, wie alt dieses Kind sein konnte. Eigentlich war er zu klein, um schon schulpflichtig zu sein, aber sein Blick erinnerte eher an den eines Erwachsenen. Noch bevor Kretzer eine weitere Frage stellen konnte, huschte der seltsame Knabe davon. Üblicherweise wurde der Hauptkommissar gern von Kindern, die sich in der Nähe eines Einsatzes der Polizei aufhielten, ausgefragt, aber diesen Jungen schien keine Neugierde zu plagen. Mal sehen, was dessen Eltern zu dem Verbrechen ganz in der Nähe ihres Hauses zu sagen hatten.

Auch die hohe Eingangspforte zu dem Grundstück war mit Kamera und Gegensprechanlage gesichert. Erst als Kretzer seine Polizeimarke hochhielt, wurde ihm Einlass gewährt. Über einen weißen Kiesweg ohne das geringste Zeichen von Unkraut erreichte er die Haustür des herrschaftlichen Anwesens, wo ihn bereits ein Mann und eine Frau erwarteten. Höflich stellte er sich vor und wurde von den Eheleuten Viktoria und Maximilian Sammer hineingebeten.

»Es ist Ihnen vielleicht nicht entgangen, dass sich direkt neben Ihrem Grundstück ein Verbrechen ereignet hat.«

»Tut uns leid«, antwortete der Mann. »Wir haben nichts bemerkt. Was ist denn geschehen? Wollte jemand bei uns einbrechen?«

»Das können wir zurzeit noch nicht ausschließen, aber zwischen Ihrem Zaun und dem angrenzenden Wanderweg wurde eine Leiche gefunden.«

»Das ist ja furchtbar«, bemerkte die Frau ohne echte Betroffenheit. »Etwa einer unserer Nachbarn?«

»Auch das wissen wir noch nicht. Wir werden Ihnen später noch ein Foto von der Toten zeigen und Sie fragen, ob diese Ihnen bekannt ist. Haben Sie am Wochenende schon etwas vor?«

»Wir wollen mit Vincent eine Hafenrundfahrt machen. Er interessiert sich sehr für Schiffe.«

»Würden Sie mir bitte Ihre Handynummern geben, dann können wir später einen Termin vereinbaren. Auch würde ich gern Ihren Sohn dabei haben.«

»Das kommt überhaupt nicht infrage!«, empörte sich die Frau. »Vincent ist erst vier Jahre alt und Autist. Er mag keine Fremden.«

»Das sehe ich ein«, sagte Kretzer, nahm die Visitenkarte des Hausherrn in Empfang und verabschiedete sich.

Wieder auf der Straße schmunzelte der Hauptkommissar. So einfach würde er sich nicht abwimmeln lassen, hatte er doch den Jungen an einem Fenster stehen sehen. Offensichtlich beobachtete dieser genau, was um ihn herum geschah.

Er erreichte den Fundort gerade, als die Leiche in einen Blechsarg gelegt wurde. So konnte er noch einmal das Gesicht der Toten sehen. Deren feine Züge erinnerten ihn irgendwie an eine Filmschauspielerin, deren Name ihm nicht einfallen wollte.

Im Büro fühlte er sich zur Untätigkeit verdammt, denn er musste erst die Ermittlungen seiner Kollegen abwarten. Schließlich wurde ihm ein Foto der Ermordeten gebracht.

»Die Datei habe ich Ihnen schon auf den PC geschickt«, erklärte der Kollege, der eigentlich für die Diebstahlabteilung arbeitete und bis zur Rückkehr von Kim und Juan den Hauptkommissar unterstützen sollte. Sein Name war Dennis Meier und er zeigte sich äußerst dienstbeflissen. Aus irgendeinem kühnen Grund wünschen sich viele Polizisten, für die Mordkommission zu arbeiten. Deren hohe Aufklärungsquote war Motivation, denn bei Diebstahl wurden viele Täter nicht gefasst.

»Das Foto und die Fingerabdrücke der Toten habe ich auch schon an die Vermisstenstelle weitergeleitet. Nur in den Einwohnermeldeämtern war natürlich am Wochenende niemand zu erreichen. Da müssen wir wohl bis Montag warten.«

»Danke, Kollege Meier, das war sehr umsichtig. Bitte informieren Sie mich sofort, wenn Sie Nachrichten erhalten.«

Strahlend ob des Lobes verließ der junge Mann beschwingten Schrittes den Raum. Auch wenn er sich noch wenig davon versprach, machte sich Kretzer nach einer Weile auf den Weg zur Gerichtsmedizin. Dort lag die Tote tatsächlich schon auf dem Tisch.

»Ich weiß, dass es noch zu früh ist, Walter«, gab der Hauptkommissar zu. »Aber kannst du mir schon etwas sagen?«

»Du bist ungeduldig wie immer, mein Lieber. Dem ersten Anschein nach wurde die junge Frau erschlagen. Zuerst hat sie einen Schlag auf die Schläfe getroffen, der ihr vermutlich schon die Sinne raubte. Dann folgte ein zweiter mitten auf die Schädeldecke. Der war dann wohl tödlich.«

Beide Beamten schauten sich den Kopf der Toten an.

»Sieht nach einem stumpfen Gegenstand aus«, kommentierte Kretzer.

»Ja«, bestätigte der Gerichtsmediziner. »Und zwar einem sehr glatten. Die Kopfhaut zeigt an den Rändern keine Ausfransungen. Vielleicht finde ich ja trotzdem Rückstände in der Wunde, die auf das Tatwerkzeug schließen lassen.«

»Todeszeitpunkt?«, fragte der Hauptkommissar.

»Nach meinen Schätzungen gestern zwischen 22 und 24 Uhr. Aber ich muss dir was zeigen. Die Tote ist recht ungepflegt, schien das mit der Körperhygiene nicht so ernst genommen zu haben. Zähneputzen war wohl auch nicht ihr Ding. Sie waren voller Belag. Doch aus irgendeinem Grund habe ich ihre Vorderzähne am Oberkiefer geputzt.«

Der Gerichtsmediziner hielt eine Zahnbürste hoch.

»Nun sieh mal, was ich unter dem Belag gefunden habe.«

Vorsichtig schob er die Oberlippe hoch und darunter kamen blendend weiße Zähne, die sich gleichmäßig aneinanderreihten, zum Vorschein.

»Das sieht nach teuren Jacketkronen aus«, bemerkte Kretzer erstaunt.

»Irrtum, mein Lieber. Diese junge Frau hat ein Gebiss, von dem die meisten Leute nur träumen. Ebenmäßig, strahlend weiß und absolut gesund. Daran hat sich nie ein Zahnarzt mit Bohrer zu schaffen gemacht.«

»Beneidenswert.«

Der Gerichtsmediziner wandte sich zu dem Hauptkommissar.

»Mit etwas Wasser, Seife und Zahnpflege wäre eine ausnehmend schöne Frau hinter der verschlampten Fassade zum Vorschein gekommen.«

»Für wie alt schätzt du sie?«

»Ca. 20, vielleicht etwas drüber.«

Nachdenklich betrachtete Kretzer die Tote. Da ihre Kleidung schon bei der KTU war, lag ihr nackter Körper unter dem Laken. Mit dem zustimmenden Nicken des Gerichtsmediziners entblößte er die Tote. Ein schlanker, wohlgeformter Körper kam zum Vorschein. Warum nur hatte diese Frau ihre angeborenen Vorzüge versteckt?

»Sieh dir nur das volle blonde Haar an«, schwärmte der Gerichtsmediziner. »Es müsste nur mal gewaschen werden. Und dann diese feinen Gesichtszüge. Sie erinnern mich irgendwie an die junge Grace Kelly.«

Nun wusste der Hauptkommissar, welche Schauspielerin ihm bei dem Anblick der Toten in den Sinn gekommen war. Warum war diese schöne Frau umgebracht worden?

»Ich mache mich mal auf den Weg zur KTU. Vielleicht wissen die schon mehr«, verabschiedete sich Kretzer und ließ den Gerichtsmediziner mit einem verträumten Blick auf die Leiche zurück.

»Ihre Klamotten sind wohl alle aus der Altkleidersammlung«, erfuhr er dort. »Schmuck trug sie keinen. Papiere fanden wir auch nicht. Irgendwie deutet alles auf eine Obdachlose hin.«

»In dieser vornehmen Gegend?«, fragte der Hauptkommissar und wollte sich so ein Schicksal bei der Toten nicht vorstellen. Er war damals froh gewesen, dass ihm ein Bezirk zugeteilt worden war, in dem vornehmlich Menschen aus soliden Verhältnissen lebten. So blieb er meistens bei seinen Ermittlungen von den sozialen Abgründen der Gesellschaft verschont. Sollte er diesmal etwa in der Obdachlosenszene ermitteln müssen?

Für Hauptkommissar Kretzer eine gruselige Vorstellung. Ihm reichte schon, dass Todesfälle sein Alltag waren. Sich auch noch mit den Lebenden zu beschäftigen, die ein trostloses Dasein fristeten, behagte ihm wenig.

Zum Glück hatte er in seinen langen Dienstjahren die Bekanntschaft von Streetworkern gemacht, die sich in diesem Milieu auskannten. Einer war ihm noch einen Gefallen schuldig. Dem wollte er das Foto geben und ihn bitten, sich bei den Obdachlosen umzuhören. Doch er hoffte insgeheim, dass dies zu keinem Ergebnis führt.

Kretzer nahm gleich den Kontakt auf und gab das Foto weiter. Seinem Bekannten war die Tote fremd, aber er versprach nachzuforschen. Der ihm vorübergehend zugewiesene Dennis Meier kam gegen Abend mit der Nachricht, dass die Tote nicht als vermisst galt. Auch die Befragung der Nachbarn hatte nichts ergeben. Niemand hatte die Frau je vorher gesehen.

Am Sonntagmorgen beschloss der Hauptkommissar, noch mal die Eheleute mit dem autistischen Sohn aufzusuchen, aber ohne sich vorher anzukündigen. Man ließ ihn auf das Grundstück und er bemerkte den Hausherrn, der gestützt auf einen Spazierstock den Garten begutachtete. Kretzer ging zu ihm und fragte:

»Haben Sie sich verletzt, Herr Sammer?«

»Was machen Sie denn schon wieder hier?«, war die ruppige Antwort.

Kretzer zückte das Foto und zeigte es dem Mann.

»Kennen Sie diese Frau?«

Mit nur einem kurzen Blick auf das Bild antwortete dieser: »Nein.«

»Wollen Sie sich das Foto nicht noch einmal genauer ansehen?«

Maximilian Sammer tat, was von ihm verlangt wurde, und schüttelte dann energisch den Kopf.

»Ich kenne diese Frau nicht und meine Frau wird das Gleiche antworten.«

Es machte den Hauptkommissar immer misstrauisch, wenn Zeugen die Antwort anderer bereits vorhersagen konnten. Aber er war sich sicher, dass diese Aussage zutraf. Entweder hatten beide sich abgesprochen oder sie sagten die Wahrheit. Im ersten Stock am Fenster des Wohnhauses entdeckte er, dass der autistische Sohn ihn beobachtete.

»Ihrem Sohn Vincent entgeht wohl nichts, was sich in seiner Umgebung abspielt.«

»Lassen Sie unseren Sohn in Ruhe. Er ist anders als andere Kinder, zwar hochintelligent, lebt aber nur in seiner eigenen Welt. Glauben Sie mir, es ist nicht einfach, mit so einem Kind umzugehen.«

Letzteres klang so unglücklich, dass der Hauptkommissar beinahe geneigt war, Mitleid mit den Eltern zu haben. Trotzdem hätte er gern mit dem Sohn gesprochen, aber daran hinderte ihn das Jugendschutzgesetz.

»Darf ich mich auf dem Grundstück noch ein wenig umsehen?«

»Nein, denn wir fahren gleich zu meinen Schwiegereltern. Ich kann mir auch nicht vorstellen, was Sie hier finden wollen. Niemand betritt unser Grundstück ohne unsere Einwilligung. Es ist unmöglich, den Zaun ohne Hilfsmittel zu überwinden. Meinen Sie tatsächlich, die Tote wollte bei uns einbrechen? Haben Sie etwas gefunden, was diesen Verdacht bestätigt?«

»Nein«, musste der Hauptkommissar eingestehen und verabschiedete sich.

Wieder im Büro stellte er am Computer Nachforschungen über die Sammers an. Polizeilich waren sie unauffällig. Maximilian Sammer war der Sohn einer Familie, die einst mit Reedereien ein großes Vermögen erwirtschaftet hatte. Er selbst hatte Jura studiert und war Kompagnon in einer Rechtsanwaltskanzlei, die sich auf Wirtschaftskriminalität spezialisiert hatte. Sein Vater lebte nicht mehr und seine Mutter wohnte mittlerweile in Berlin. Viktoria Sammer war eine geborene van Halsig und entstammte ebenfalls einer sehr reichen Familie. Beide gehörten eben der Erbengeneration an.

Nachdem der Hauptkommissar noch einigen unliebsamen Schreibkram erledigt hatte, ging er früh nach Hause. Morgen war Montag und er konnte endlich versuchen, etwas über die Identität der Toten herauszufinden. Sein Bekannter, der Streetworker, hatte sich noch nicht gemeldet und sein Handy ausgestellt.

Erst abends rief dieser endlich an und hatte tatsächlich herausgefunden, dass die Tote als Obdachlose lebte. Allerdings war sie in der Szene wenig bekannt. So hatte er nur einen jungen Mann getroffen, der sie kannte. Den hatte er nachdrücklich aufgefordert, sich am nächsten Tag bei Hauptkommissar Kretzer zu melden. Ob er allerdings diesem Folge leisten würde, bliebe abzuwarten.

In dieser Nacht träumte Richard Kretzer von Grace Kelly. Mit geschmeidigem Gang streifte sie umher, bis plötzlich eine Hand erschien, die sie erschlug. Nur womit konnte der Hauptkommissar nicht erkennen.

Als er montags im Büro eintraf, waren seine Mitarbeiter Kim Kaiser und Juan Montez bereits anwesend. Beide waren aufgeräumter Stimmung und erzählten sich gegenseitig von ihren Erlebnissen. Kim hatte sich doch tatsächlich mit dem unschuldigen, extrem attraktiven Verdächtigen aus dem letzten Fall getroffen. Und Juan hatte endlich seinen Urlaub in Andalusien ungezwungen genießen können.

Heiter lauschte er zuerst den Berichten seiner Kollegen. Beide waren in ausgelassener Freizeitstimmung, was er schließlich beenden musste. Ein neuer Mordfall erforderte die Aufmerksamkeit. Also weihte Kretzer die beiden in die bisher gewonnen Erkenntnisse ein, die so mager waren, dass allen schnell klar wurde, dass noch umfangreiche Ermittlungen auf sie warteten.

Gerade wollte Kretzer die weitere Vorgehensweise absprechen, da klopfte es an der Tür. Ohne eine Antwort abzuwarten, trat der Streetworker mit einem jungen Mann in den Raum.

»Moin«, begrüßte der Bekannte des Hauptkommissars die Anwesenden. »Ich hielt es für besser, den jungen Mann persönlich hierher zu bringen. Er scheint mir etwas vergesslich. Darf ich vorstellen: Das ist Zorro. Seinen richtigen Namen möchte er nicht nennen.«

Der junge Mann machte einen ungewohnt gepflegten Eindruck für einen Obdachlosen.

»Hallo, Zorro«, begrüßte ihn Kim fröhlich.

Die anderen taten es ihr gleich.

»Ich fand es angemessen, Zorro erst mal in einer unserer Einrichtungen unter die Dusche zu stellen und ihn mit frischer Kleidung zu versorgen. Nun sieht er doch schnieke aus.«

Dem jungen Mann war die ganze Situation offensichtlich peinlich. Wenigstens zeigte er keine aggressive Ablehnung.

»Gut, dann setz dich bitte, Zorro«, begann der Hauptkommissar. »Du weißt, warum du hier bist?«

»Nein.«

Der Streetworker warf das Foto der Ermordeten vor dem jungen Mann auf den Tisch und sagte:

»Du kennst doch diese Frau.«

Ohne einen Blick auf das Bild zu werfen, bestätigte Zorro das.

»Wie heißt sie?«, fragte Richard Kretzer.

»Wir nennen sie Joe.«

»Kennst du ihren richtigen Namen?«

»Nein.«

»Was weißt du über diese Joe?«

Der junge Mann zuckte die Achseln. Kim Kaiser hatte bemerkt, dass sie dem Gast gefiel. Sie nahm sich einen Stuhl, stellte ihn verkehrt herum vor Zorro und setzte sich so, dass sie ihre Arme auf die Rückenlehne legen konnte. Dann schaute sie ihm mit einem Lächeln tief in die Augen. Kims Nähe verunsicherte den jungen Mann. Mit sanfter Stimme sagte die Kommissarin:

»Bitte hilf uns. Die Frau auf dem Foto ist ermordet worden und wir wissen so gut wie gar nichts über sie.«

»Was?! Joe ist tot?« rief Zorro sichtlich bestürzt.

»Ja, und wir wollen unbedingt ihren Mörder finden.«

Die anderen Anwesenden beobachteten neugierig die Szene. Zorro schluckte und Juan Montez reichte ihm ein Glas Wasser. Dann begann der Gast zu reden:

»Ich weiß auch nicht viel über Joe. Schon seit Jahren taucht sie immer wieder auf und verschwindet dann. Wir lernten uns kennen, als wir im Winter einen Schlafplatz suchten. In einem recht versteckten Winkel ließen wir uns dann gemeinsam nieder. Außer einem guten Schlafsack hatte sie kaum Sachen dabei. Irgendwie gelang es ihr immer, das zu organisieren, was sie gerade brauchte. Doch sie wollte nicht so viel mit sich herumtragen. Joe erinnerte mich an ein scheues Reh, immer auf der Flucht.«

Versonnen fügte Zorro hinzu:

»Und sie war sehr schön.«

»Hattest du was mit ihr?«, mischte sich Juan Montez ein.

Der Angesprochene lächelte in träumerischer Erinnerung.

»Versucht habe ich das natürlich, aber sie ließ Nähe einfach nicht zu. Die hatte wohl früher mal eine Beziehung zu einem Typen, der sie dann auf den Strich schicken wollte. Das hörte ich von anderen Obdachlosen. Da ist sie dann gleich abgehauen. Ob es andere Männer gab, weiß ich nicht.«

Alle schwiegen, bis Zorro fortfuhr:

»Joe war etwas ganz Besonderes. Im Sommer tanzte sie mal auf einem Kai im Sternenlicht. Sie konnte sich unheimlich graziös bewegen. Und manchmal saß sie unter einer Brücke und las vollkommen entrückt in einem Buch. Sie muss sehr schlau gewesen sein, konnte blitzschnell im Kopf rechnen. Doch Menschen schien sie nicht zu trauen.«

»Woher kam Joe?«, fragte Kim beinahe zärtlich. »Wo ist sie aufgewachsen? Wer war ihre Familie?«

»Keine Ahnung. Sie sprach kaum über sich, und die Vergangenheit ist bei uns sowieso tabu. Aber immer wieder träumte sie davon, nach Berlin zu gehen. Ob sie die Stadt jemals gesehen hat, weiß ich nicht.«

Die Ermittler beschlossen, das Gespräch vorerst zu beenden, bedankten sich bei Zorro und dem Streetworker.

»Was haben wir also?«, fragte Juan Montez, nachdem die beiden den Raum verlassen hatten.

»Eine erschlagene junge Frau, deren Herkunft niemand kennt«, antwortete der Hauptkommissar. »Bei der Vermisstenstelle ist sie auch unbekannt.«

»Na toll«, stellte Kim fest. »Und wo sollen wir nun ansetzen, wenn wir nicht mal wissen, wer die Tote ist?«

»Vielleicht bei dem Umfeld, in dem sie gefunden wurde und in das eine Obdachlose so gar nicht passt. Aber auch dort haben unsere Befragungen noch nichts ergeben. Die meisten Anwohner schienen es als Beleidigung zu verstehen, wenn sie nach der Toten gefragt wurden.«

»Dann bleibt uns wohl vorerst nichts, als ihr Foto in die Zeitung zu setzen und zu hoffen, dass sie jemand erkennt«, folgerte Juan Montez. »Komm, Kim, lass uns die Leiche wenigstens mal ansehen. Ich bin gespannt, ob die Frau wirklich so gut aussieht.«

Wenige Tage später meldete sich eine Lieselotte Schmidt bei der Polizei, die meinte, die Tote zu kennen. Also machte sich Hauptkommissar Kretzer auf den Weg in ein Randgebiet der Stadt. Es war gar nicht so leicht, den Wohnsitz der Frau zu finden, denn keine Hausnummer an der Straße gab einen Hinweis. Mit der Hilfe von Passanten erreichte Kretzer schließlich sein Ziel. Auf einem leicht verwilderten Grundstück bereits im Naturschutzgebiet stand ein Haus, das den Eindruck vermittelte, vor langer Zeit für eine Hexe gebaut worden zu sein. Dahinter begann ein Wald.

Der Hauptkommissar erwartete eine unheimliche Begegnung, aber die Frau, die ihm die Tür öffnete, sah aus, wie die freundliche Omi von nebenan. Da er seinen Besuch telefonisch angekündigt hatte, wurde er mit Kaffee und selbst gebackenem Kuchen empfangen. So setzte er sich erst mal auf die verschlissenen, alten Polstermöbel und genoss die angebotenen Gaben. In diesem durchaus gemütlichen Umfeld fühlte er sich wie in eine andere Zeit versetzt. Schließlich begann er die Befragung:

»Frau Schmidt, sie haben sich bei uns gemeldet, weil Sie glauben, die Tote, deren Bild Sie in der Zeitung gesehen haben, zu kennen.«

»Richtig, auch wenn ich Nadine in letzter Zeit selten gesehen habe.«

»Nadine?«, fragte Kretzer erfreut, nun vielleicht endlich den richtigen Namen der Ermordeten zu erfahren. »Und wie heißt sie weiter?«

»Nadine Malkow. Früher hat sie mich fast täglich besucht. Ihre Eltern wohnten ja auch in der Nachbarschaft.«

»Das ist interessant, aber ich konnte auf meiner Suche kein weiteres Haus in der direkten Umgebung sehen.«

»Nebenan ist ein unbebautes Grundstück, das wie meines schon zum Naturschutzgebiet gehört. Ich habe ein Bleiberecht bis zu meinem Tode und die Malkows wurden auch geduldet.

Man konnte sie von der Straße aus ja nicht sehen und sie lebten sehr zurückgezogen.«

»Aber Sie sagten doch gerade ›unbebautes Grundstück‹.«

»Ja, die Malkows wohnten in einem Bauwagen. Der modert nun vor sich hin.«

»Und wissen Sie, so die Leute jetzt wohnen?«

»Die Frau wurde vor einigen Jahren in eine Nervenheilanstalt gebracht. Man munkelt, sie sei verrückt gewesen. Kein Wunder, dass der Mann Alkoholiker wurde. Der soll kürzlich gestorben sein. Ob die Frau noch lebt, weiß ich gar nicht.«

»Kennen Sie deren Namen?«

»Ja, Sieglinde und Frank Malkow.«

Der Hauptkommissar machte sich einige Notizen.

»Es ist wirklich traurig«, fuhr die Zeugin fort, »dass Nadine in solchen Verhältnissen aufwachsen musste. So ein kluges und fröhliches Kind. Ich habe ihr immer Märchen vorgelesen und später konnte sie gar nicht genug in meinen Büchern herumstöbern. Sie lernte sehr schnell. Ich glaube, auf der Grundschule war sie eine der Besten. Doch die anderen Schüler wollten nichts mit ihr zu tun haben, weil sie in so asozialen Verhältnissen lebte. Warum Nadine dann nicht aufs Gymnasium kam, war für mich unerklärlich. Aber eine Nachbarin meinte, das Kind sei hier überhaupt nicht gemeldet. Sie sei wohl nur wegen der Schulpflicht eingeschult worden. Dann scheint das Mädchen irgendwie durchs Raster gefallen zu sein. Mal ehrlich. Den meisten Menschen ist es lieber, wenn solche asozialen Elemente einfach in der Versenkung verschwinden.«

Hauptkommissar Kretzer bewegte das Schicksal dieser Nadine.

»Und Sie sind sich ganz sicher, Nadine auf dem Foto wiedererkannt zu haben?«

»Sie hatte schon als Kind so vornehme, ebenmäßige Gesichtszüge und später wuchs sie zu einer echten Schönheit heran.

Diese strahlend weißen Zähne und das volle blonde Haar. All das kann man selbst unter dem Dreck der Straße erkennen. Sie hatte überhaupt keine Ähnlichkeit mit ihren Eltern. Doch wenigstens hatte sie von diesen gelernt, ohne viel Luxus zurechtzukommen.«

»Sie wissen also, dass Nadine auf der Straße gelebt hat?«

»Ich vermutete es, denn sie war meistens recht schmutzig und ungepflegt, wenn sie mich besuchte. Dann hat sie erst mal geduscht und sich gewaschen. Danach erstrahlte sie wieder zauberhaft wie eine Prinzessin. Immer, wenn es mir möglich war, habe ich ihr Geld zugesteckt. Aber ich bin sicher, dass sie mich nicht deswegen besuchte. Raffgier entsprach nicht ihrem Wesen.«

Hauptkommissar Kretzer bedauerte ein wenig, dass er diese Nadine nicht lebend kennengelernt hatte, sondern sich mit einer Toten beschäftigen musste. Irgendein Geheimnis hatte die junge Frau mit ins Grab genommen und dieses galt es zu lüften. Es konnte vielleicht auf die Spur des Mörders führen.

»Frau Schmidt, können Sie sich vorstellen, dass Nadine von ihren Eltern misshandelt wurde?«

»Nein, ihre Mutter, wenn sie denn bei Sinnen war, überschüttete Nadine geradezu mit Liebe. Und der Vater versuchte im Rahmen seiner Möglichkeiten dem Mädchen alle Wünsche zu erfüllen. Ich glaube, er hatte sogar ein schlechtes Gewissen wegen seiner Armut und dass er seiner Tochter nichts bieten konnte. Geschlagen haben sie das Kind bestimmt nicht. Auch wenn Nadine vermutlich früh gelernt hat, über alles, was in der Familie geschah, zu schweigen, bin ich mir da ziemlich sicher.«

»Haben denn die Behörden nie nach diesen Menschen gesehen?«

»Seltsamerweise nicht. Sie wurden alle drei ignoriert, da keine Gefahr von ihnen ausging. Niemand wollte etwas sehen oder hinterfragen.«

»Wann hat Nadine ihre Eltern verlassen?«

»Ich glaube, das war, als der Zustand der Verwirrtheit bei ihrer Mutter immer mehr zunahm. Damals war das Mädchen gerade 14 Jahre alt. Als die Mutter dann eingewiesen wurde, besuchte sie noch hin und wieder ihren Vater, bis auch dieser schwer krank wurde.«

»Wie alt wäre Nadine denn heute?«

»Ich schätze 20, aber auf jeden Fall viel zu jung, um zu sterben. Wer hat ihr das bloß angetan?«

»Das ermitteln wir gerade«, antwortete Richard Kretzer und verabschiedete sich.

Mit trauriger Stimme sagte Lieselotte Schmidt noch:

»Nadine wollte immer nach Berlin, aber meines Wissens hat sie die Stadt nie gesehen. Selbst dieser Traum erfüllte sich für sie nicht.«

Zurück im Büro informierte der Hauptkommissar seine Mitarbeiter, was er über die Ermordete in Erfahrung bringen konnte.

»Nun kennen wir zumindest ihren richtigen Namen«, stellte Juan Montez fest. »Und wir wissen, dass sie aus armseligen Verhältnissen stammt. Aber bringt uns das alles weiter?«

»Nicht wirklich«, bemerkte Kim Kaiser resigniert.

»Habt ihr noch etwas Bemerkenswertes bei der erneuten Befragung der Nachbarn am Fundort rausfinden können?«

Sofort entrüstete sich die Kommissarin:

»Die waren nicht nur wenig kooperationsbereit, sondern uns gegenüber ausgesprochen ablehnend, so als hätten wir nichts Besseres zu tun, als unschuldige Bürger zu belästigen. Alle blieben bei der Aussage, dass sie die Tote nicht kannten. Sie empfanden es sogar als Zumutung, dass wir danach fragten.«

»Wart ihr auch bei den Sammers?«

»Natürlich, und wir durften schon dankbar sein, dass sie uns überhaupt auf ihr Grundstück ließen. Der Mann drohte uns sogar mit juristischen Folgen, wenn wir die Familie nicht endlich in Ruhe ließen. Und dieses eigentümliche Kind glotzte uns nur an.«

»Der Junge ist Autist, also wundere dich nicht«, sagte Kretzer und fuhr fort:

»Irgendwie passt diese Frau nicht in das Umfeld, in dem sie aufwuchs und sich später herumtrieb. Trotzdem müssen wir mehr über ihre Eltern und ihr bisheriges Leben erfahren. Also nehmt ihr beide euch erst mal die Eheleute Malkow vor. Findet alles über sie raus, was ihr finden könnt.«

Den Ermittlern war deutlich anzusehen, dass ihnen diese langweilige Arbeit in einem trostlosen Umfeld wenig behagte.

Am Nachmittag des nächsten Tages erstatteten Kim und Juan ihrem Vorgesetzten Bericht.

»Das war wohl die lästigste Ermittlungsarbeit, die ich seit Langem durchführen musste«, beschwerte sich Kim. »Und wirklich weiterbringen tut uns das Ganze auch nicht.«

»Ganz meine Meinung«, bestätigte Juan.

»Darf ich trotzdem erfahren, was ihr herausgefunden habt? Kim, fang du bitte an.«

Recht maulig begann die Kommissarin:

»Also, Sieglinde Malkow, geborene Kitzler, wurde am 17.03.1960 in Hamburg geboren, schloss die Hauptschule ab und wurde Friseurin. 1985 heiratete sie den Hausmeister Frank Malkow. Die Frau lebt heute in einer Psychiatrie und ist kaum ansprechbar. Stellt euch vor, sie sitzt nur da mit einer Puppe im Arm und summt vor sich hin. Ich fragte dann den Chefarzt, was mit der Frau los sei. Der berief sich natürlich auf seine ärztliche Schweigepflicht, doch schließlich konnte ich ihm entlocken, dass Sieglinde Malkow drei Fehlgeburten erlitten hatte und dadurch traumatisiert war. Seltsamerweise wusste er von einer Tochter Nadine nichts. Besuch hatte die Frau nämlich nie bekommen. Schreckliche Verhältnisse!«

»Du warst ja richtig fleißig, meine Liebe, und konntest sogar den Chefarzt bezirzen, dir Auskunft zu geben. Gratulation!«

»Danke, aber das entschädigt mich nicht für diese unangenehmen Einblicke in die Zustände in unseren psychiatrischen Kliniken.«

»Über Frank Malkow konnte ich noch weniger herausfinden«, gestand Juan Montez. »Auch er wurde in Hamburg geboren, und zwar 1957. Nach der Schule und einer Ausbildung zum Elektriker wurde er Hausmeister bei einer Wohnungsbaugenossenschaft. Da er immer mehr dem Alkohol zusprach, wurde er entlassen, lebte fortan von Gelegenheitsjobs. Er starb erst vor 14 Tagen in einem Hospiz für Alkoholkranke.«

Ratlos blickten die Kriminalbeamten sich an. Dann fing Juan Montez an zu grinsen.

»Ich dachte, ich höre mich mal in diesem Hospiz um. Da erfuhr ich doch tatsächlich, dass Nadine Malkow ihren Vater genau am Tag seines Todes besucht hatte.«

Der Kommissar erwartete nun Lob von seinen Kollegen, aber stattdessen sagte Kim:

»Wenigstens um den hat sich die Tote gekümmert. Aber vielleicht wollte sie auch nur Geld von ihm.«

»Sie soll nicht raffgierig gewesen sein«, merkte Kretzer an. »Aber wissen wir, wie sich die Leute verändern, die gezwungen sind, auf der Straße zu leben?«

»Zum Kotzen, dass eine junge, bildschöne Frau, die angeblich auch noch klug gewesen sein soll, so wenig aus ihrem Leben machte«, sagte Juan kopfschüttelnd.

Die Stimmung im Büro war auf dem Nullpunkt.

»Keine unserer Ermittlungen führt uns bisher zum Täter«, stellte der Hauptkommissar resigniert fest. »Was suchte die Tote überhaupt in der vornehmen Gegend, in der sie gefunden wurde? Sollte sie vielleicht einen Einbruch ausspionieren? Als Hure verkehrte sie dort sicher nicht, sonst hätte sie sich anders gekleidet und vor allem auch gewaschen.«

»Es ist zum Verzweifeln«, jammerte Kim. »Aber wisst ihr, was seltsam ist? Bei den Behörden ist die Tote nicht registriert. Vermutlich waren die Eltern bei ihrer Geburt schon so krank und weltfremd, dass sie es nicht für nötig hielten, ihre Tochter zu melden. Nadine Malkow sollte wohl unsichtbar bleiben. Schon erstaunlich, dass so etwas in unserem Staat möglich ist.«

»Selbst die Behörden wollen mit solchen asozialen Elementen möglichst nichts zu tun haben«, bemerkte Juan Montez. »Das ist doch verständlich.«

»Feierabend, Kinder!«, befahl der Hauptkommissar. »Sonst versinkt ihr noch in Depressionen.«

Als er in seinem Wohnzimmer bei einem Glas Bier ohne wirkliches Interesse die Nachrichten anschaute, hörte Richard Kretzer plötzlich das Wort »Berlin«. Schon kreisten seine Gedanken wieder um die Tote. Warum wohl träumte Nadine von dieser Stadt? Dachte sie, dort ein Eldorado für junge Obdachlose zu finden? Zog es sie in die Metropole der modernen Kunst? Warum wusste niemand genau, was in der jungen Frau vorgegangen war? Woraus resultierte ihr Misstrauen gegenüber Menschen? Ihre gemütskranke Mutter und der alkoholkranke Vater stellten sie bestimmt immer wieder vor Herausforderungen. Weswegen nahm sie keine staatliche Hilfe in Anspruch? Dem Hauptkommissar erschien es, als müsste er den Mörder eines Geistes finden, der unsichtbar für die Behörden umherirrte. Wen hatte dieser heimgesucht und so sehr erschreckt, dass er die Frau tötete?

Kim Kaiser hatte eine aufregende Liebesnacht hinter sich und daher ein wenig verschlafen. Da sie an sich selbst den Anspruch auf pünktliches Erscheinen im Büro stellte, hastete sie nun die Stufen zum Kommissariat hinauf. Als sie vor dem Fahrstuhl stand, stand dort auf einem Schild, dass dieser wegen Wartungsarbeiten geschlossen sei. Also würde sie die Treppe bis in den vierten Stock benutzen müssen. Keine angenehme Vorstellung für eine noch immer selig erschöpfte Frau. Doch dann erinnerte sie sich an den Lastenaufzug, der offensichtlich noch funktionierte und laut Anzeige gerade im Keller hielt. Schnell drückte sie auf den Knopf, damit sie damit hochfahren konnte.

Als sich die breite Tür öffnete, stand dort eine Aushilfe mit einem Rollwagen, der angefüllt war mit Akten. Kim zwängte sich hinein und betätigte den Knopf für den vierten Stock.

»Da will ich auch hin«, sagte der Mann. »Ich muss die alten Akten zur Datenerfassung bringen. Arbeiten Sie auch dort?«

»Nein, auf der anderen Seite des Flurs bei der Mordkommission.«

Während sich der Lastenaufzug in Bewegung setzte, lächelte Kim den Mann an. Vermutlich war er ein Student, der in den Semesterferien etwas dazuverdiente. Schon öffnete sich die Tür im vierten Stock. Weil sie zu spät dran war, drängelte sich die Kommissarin an dem Rollwagen vorbei und stieß dabei einige Akten herunter.

»Das tut mir leid«, entschuldigte sie sich. »Ich helfe Ihnen natürlich, die Akten aufzusammeln.«

Schnell bückte sie sich und machte sich an die Arbeit. Fahrig wie Kim war, fiel ihr dabei eine Akte aus den Händen und deren Inhalt verstreute sich auf dem Boden. Hastig stopfte sie diese wieder in den Aktendeckel. Doch dann stutzte sie. Vor ihr lag ein Zeitungsartikel mit dem Foto von einem Mann, einer Frau und einem Jungen. Die Schlagzeile darüber lautete: »Bitte gebt uns unsere Tochter zurück«. Wie vom Donner gerührt starrte die Kommissarin auf das Bild. Dann raffte sie die Papiere zusammen und sagte:

»Diese Akte nehme ich mit.«

Unter dem verwirrten Blick der Aushilfe sprang sie auf und rannte in Richtung ihres Büros. Dort tranken der Hauptkommissar und Juan Montez gerade ihren Morgenkaffee. Erstaunt über die atemlose Kim begrüßte Kretzer seine Kollegin:

»Na, eine vergnügte Nacht gehabt?«

»Das auch«, antwortete Kim. »Aber ihr glaubt nicht, was ich zufällig gefunden habe.«

Dabei warf sie die Akte auf ihren Schreibtisch.

»Was ist das?«, fragte Juan.

»Ein alter Vermisstenfall, der zur Computererfassung aus dem Keller geholt wurde.«

Kim zog ihre Jacke aus und hängte sie auf den Garderobenständer.

»Möchtest du auch einen Kaffee?«, fragte der Hauptkommissar fürsorglich und wartete die Antwort nicht ab, sondern füllte gleich einen Becher.

Dankbar nahm Kim das heiße Getränk in Empfang, stellte es aber gleich wieder ab. Dann wühlte sie in der Akte, bis sie den Zeitungsartikel gefunden hatte.

»Seht euch mal dieses Foto an.«

Die beiden Männer schauten darauf. Ungläubig näherten sie ihre Köpfe dem Bild. Dann schauten sie Kim an.

»Das ist doch eine verblüffende Ähnlichkeit, oder?«, bemerkte sie.

»Ganz außergewöhnlich«, stimmte Juan zu, während der Hauptkommissar den Zeitungsausschnitt nahm und begann, den Artikel zu lesen.

Schließlich schauten alle drei auf das Datum der Ausgabe.

»Das ist ja 20 Jahre her«, stellte Juan fest.

»Ja, damals wurde die Tochter der Familie Sammer senior entführt. Gib mir mal die ganze Akte rüber, Kim. Das klingt interessant.«

Nun mussten sich die Kommissare gedulden, denn ihr Chef hasste es, beim Aktenstudium gestört zu werden. Endlich gab er die Informationen weiter.

»Die damals sechs Monate alte Josephine Sammer wurde aus ihrem Kinderwagen entführt, als die Mutter gerade unaufmerksam war, weil sich auf einer Kreuzung ein schwerer Autounfall ereignete. Tagelang warteten die Eltern auf eine Lösegeldforderung, aber nichts geschah. Der Fall ist bis heute ungeklärt. Es gab keine Hinweise auf die Entführer, weil alle Passanten auf den Unfall schauten.«

Die Ermittler blickten sich von einer Ahnung erfüllt an. Schließlich fragte Kim Kaiser:

»Findet ihr nicht auch, dass die Mutter des entführten Kindes unserer Toten unheimlich ähnlich sieht?«

»Genau«, bestätigte Richard Kretzer. »Das könnte unserem Fall eine ganz neue Wendung geben. Lasst uns nachdenken, was wir über die Ermordete wissen und inwiefern ein Zusammenhang zu der Entführung bestehen könnte.«

Kim legte sogleich los:

»Sieglinde Malkow wünschte sich unbedingt ein Kind, hatte aber schon drei Fehlgeburten. Vielleicht konnte sie danach überhaupt keine Kinder mehr bekommen. Also griff sie sich einfach ein anderes Baby, als die Umstehenden abgelenkt waren.«

»So könnte es gewesen sein«, stimmte der Hauptkommissar zu. Das würde auch erklären, warum die Geburt des Kindes Nadine bei keiner Behörde registriert ist.«

»Und warum die Malkows abtauchten«, ergänzte Juan Montez.

»Bevor wir allerdings diese Spur weiterverfolgen, müssen wir abklären, ob die Tote tatsächlich die vermisste Josephine Sammer ist. Wir müssen deren leibliche Mutter kontaktieren und uns eine DNA-Probe holen.«

»Das ist grausam«, warf Kim ein. »Jahrelang weiß die Mutter nicht, was mit ihrem Kind geschehen ist, und nun muss sie erfahren, dass ihre Tochter ermordet wurde.«

»Wir können es uns auch einfacher machen. Der Bruder der Vermissten ist doch Maximilian Sammer und der lebt in Hamburg.«

»Seltsamerweise wurde die Leiche direkt neben dessen Grundstück gefunden«, ergänzte Kretzer. »Und als ich ihm ein Foto der Toten zeigte, fiel ihm keine Ähnlichkeit zu seiner Mutter auf. Da stimmt etwas nicht. Ich denke, wir sollten Herrn Sammer noch mal aufsuchen.«

Dass ihr Besuch unerwünscht war, konnten die drei Kriminalbeamten deutlich an den Gesichtern der Eheleute Sammer ablesen.

»Was wollen Sie denn schon wieder und diesmal gleich zu dritt?«, begrüßte der Hausherr die Ankömmlinge. »Leider habe ich jetzt einen Termin in der Anwaltskanzlei und keine Zeit für Sie.«

»Es tut mir leid, Herr Sammer, aber wir müssen Sie bitten, den Termin abzusagen«, forderte der Hauptkommissar. »Andernfalls werden wir Sie noch heute auf das Kommissariat bestellen. Wir benötigen dringend Ihre Hilfe.«

»Gut, folgen Sie mir in mein Büro. Die Anwesenheit meiner Frau ist wohl kaum notwendig.«

Der Raum im Erdgeschoss wurde von einem großen Schreibtisch dominiert, hinter dem Herr Sammer Platz nahm, nachdem er drei Stühle davor gerückt hatte. Der Mann zeigte keine Nervosität.

»Wie kann ich Ihnen helfen?«

»Herr Sammer«, begann Kretzer. »Es geht noch mal um die Tote, die an der Grenze zu Ihrem Grundstück gefunden wurde. Ich zeige Ihnen nochmals ihr Foto.«

Er reichte es dem Hausherrn, der einen kurzen Blick darauf warf.

»Wie schon mehrfach gesagt, kenne ich diese Frau nicht.«

»Bemerken Sie auch keine Ähnlichkeit mit Ihrer Mutter?«

»Nein.«

»Dann sehen Sie bitte noch einmal genau hin.«

»Ich empfinde es als Beleidigung, meine Mutter überhaupt mit dieser Frau, einer Obdachlosen, zu vergleichen.«

»Woher wissen Sie, dass die Tote obdachlos war?«

»Das sieht man doch und außerdem haben die Nachbarn darüber geredet.«

»Könnte die Tote vielleicht Ihre vor 20 Jahren entführte Schwester sein?«

»Wie kommen Sie denn auf so eine absurde Idee? Meine kleine Schwester ist vermutlich gleich nach ihrer Entführung gestorben und die Entführer haben dann Panik bekommen. Dieser Ansicht waren damals auch Ihre Kollegen. Also bitte lassen Sie diese tragische Geschichte ruhen.«

»Unaufgeklärte Fälle dürfen bei uns nie ruhen«, erklärte Kim Kaiser. »Um endgültige Sicherheit darüber zu haben, ob die Tote mit Ihnen verwandt ist, müssen wir Sie um eine DNA-Probe bitten.«

Schon zog die Kommissarin eine Hülse mit einem Wattestäbchen aus ihrer Tasche.

»Nun übertreiben Sie aber!«, entrüstete sich Herr Sammer. »Eine Verwandtschaft mit dieser asozialen Person ist absolut ausgeschlossen und ich weigere mich, so einen Verdacht überhaupt ernst zu nehmen. Ihre Fantasie geht mit Ihnen durch.«

»Darf ich daraus schließen, dass Sie sich weigern, uns eine DNA-Probe zu geben?«, fragte der Hauptkommissar.

»Sehr richtig. Sie können ja einen richterlichen Beschluss erwirken, aber unterschätzen Sie nicht meine guten Beziehungen zur Justiz.«

»Das ist Ihr gutes Recht, Herr Sammer«, mischte sich Kim Kaiser wieder ein. »Aber glauben Sie nicht, dass Ihre Mutter dazu bereit wäre, um endlich zu erfahren, was aus ihrer Tochter geworden ist?«

Nun wurde der Gastgeber blass.

»Lassen Sie meine Mutter aus dem Spiel. Sie hat schon genug mitgemacht.«

»Dann darf ich also Sie um eine Speichelprobe bitten.«

Zögernd willigte Maximilian Sammer ein. Kurz darauf verließen die Kriminalbeamten das Gebäude. Im Garten sahen sie den autistischen Jungen, der sie ohne Regung anstarrte.

Nach zwei Tagen hatten sie endlich Gewissheit. Die Tote war die vermisste Josephine Sammer.

»Auch wenn es schwerfällt, müssen wir die Mutter informieren«, befahl Kretzer. »Bitte übernimm du das, Kim. Frauen sind da feinfühliger.«

Die Kommissarin verkniff sich ihren Protest und nahm den Telefonhörer zur Hand. Die Männer verließen unter einem Vorwand den Raum.

»Feiglinge«, murmelte Kim und hörte dann eine Stimme am anderen Ende der Leitung. Von einer Angestellten erfuhr sie, dass Angelika Sammer gerade ihren Sohn in Hamburg besuchte. Erleichtert legte die Kommissarin auf. Kurz darauf machte sie sich mit ihren beiden Kollegen auf den Weg zu den Sammers.

Als die Beamten in die Kamera am Eingang schauten, wurde die Pforte ohne ein Wort geöffnet. Am Haus wurden sie von Maximilian Sammer mit lauernder Miene erwartet.

»Entschuldigen Sie die erneute Störung«, begann der Hauptkommissar. »Aber wir müssen dringend Ihre Familie sprechen. Ist Ihre Mutter bei Ihnen?«

Ungewöhnlich ergeben antwortete der Hausherr: »Ja, bitte folgen Sie mir.«

Die Familie hielt sich im Wohnzimmer auf und beobachtete den Sohn Vincent gerade dabei, wie er ein kleines Kunststück mit Spielkarten vorführte. Angelika Sammer thronte in einem Sessel und vermittelte den Eindruck einer echten Dame. Ihre Ausstrahlung und ihre Schönheit erfüllten den Raum mit beinahe königlicher Vornehmheit. Und ihre Ähnlichkeit mit der Ermordeten war nicht zu leugnen. Benommen von diesem Anblick stellten sich die Ermittler vor.

»Viktoria, bitte geh mit Vincent hinaus«, forderte Maximilian Sammer mit so strenger und ernster Stimme, dass Mutter und Kind sofort gehorchten.

»Frau Sammer, wir haben Ihre Tochter Josephine gefunden«, sagte Kretzer und fürchtete sich dabei fast vor der Reaktion der Frau.

Doch diese blickte ihn nur an und bemerkte lächelnd: »Ich wusste all die Jahre, dass Josephine noch lebt.«

»Es tut mir leid, Frau Sammer«, fuhr der Hauptkommissar fort. »Aber wir müssen Ihnen leider mitteilen, dass Ihre Tochter tot ist.«

Immer noch behielt die Frau ihre Beherrschung, doch ihre Augen überzog ein Schatten von Trauer. Maximilian trat zu ihr und legte seine Hand auf ihre Schulter. Die Stille wurde unerträglich.

»Ihre Tochter wurde ermordet«, wollte Juan endlich eine Reaktion provozieren und erntete dafür einen missbilligenden Blick seines Chefs.

»Lassen Sie uns bitte allein«, forderte die Dame mit strenger Stimme und stand auf.

»Diesen Wunsch respektieren wir«, antwortete Kretzer. »Doch ich muss Sie bitten, uns morgen noch für einige Fragen zur Verfügung zu stehen.«

»Selbstverständlich.«

Dann verließ Angelika Sammer das Wohnzimmer. Ungehaltene und verständnislose Blicke seiner Kollegen trafen den Hauptkommissar, der sich nun auch anschickte zu gehen. Doch etwas in seinem Verhalten ließ Kim und Juan ihm kommentarlos folgen.

Kaum hatten sie das Haus verlassen, flüsterte Juan:

»War das alles? Wir haben einen Mordfall aufzuklären. Dieser Maximilian musste doch die Ähnlichkeit der Toten mit seiner Mutter erkannt haben, als wir ihm das Foto zeigten. Bestimmt hat er seine Schwester getötet, um nicht das Erbe mit ihr teilen zu müssen.«

»Das mag sein«, bestätigte Kretzer leise. »Aber es gibt keinen Grund, die Familie nicht in Ruhe die Nachricht verarbeiten zu lassen.«

»In diesem Haus lebt ein Mörder oder eine Mörderin und du willst Rücksicht nehmen?«, empörte sich immer noch flüsternd Juan Montez.

»Das mag dir ungewöhnlich erscheinen, doch das tragische Schicksal dieser Familie verurteilt alle zum Schweigen. Noch haben wir keine Beweise gegen den Täter. Wir brauchen ein Geständnis. Sollte tatsächlich ein Mitglied der Familie den Mord begangen haben, dürfen wir sie nicht bedrängen. Außerdem können wir uns nicht sicher sein, dass der Mörder aus diesem Umfeld kommt.«

Kurz bevor die Ermittler die Pforte des Anwesens erreicht hatten, entdeckte der Hauptkommissar den Sohn des Hauses im Schatten einer Hecke.

»Geht ihr schon mal zum Wagen«, befahl Kretzer. »Ich habe noch etwas zu erledigen.«

Widerwillig taten die beiden anderen, wie ihnen gesagt wurde. Dann ging der Hauptkommissar langsam auf Vincent zu, der ihn ohne Furcht anblickte. In angemessenem Abstand fragte Kretzer ihn:

»Du weißt, was geschehen ist?«

»Ja, die Frau ist tot.«

»Kanntest du sie?«

»Nein, aber sie war in unserem Gartenhaus ganz weit hinten und sie sah aus wie Oma.«

»Das hast du beobachtet?«

»Ja, Papa brachte sie hierher. Aber dann wollte sie nachts wieder weg. Sie kannte die Zahlen nicht, mit denen man das Tor öffnen kann. Ich habe ihr geholfen.«

»Und dann?«

»Ist sie rausgegangen. Papa ist ihr nachgelaufen.«

»Und weiter konntest du nichts sehen.«

»Doch«, sagte Vincent und holte unter der Hecke den Stock mit dem daran befestigten Spiegel hervor. »Es war aber dunkel. Ich sah nur den Knopf von Papas Gehstock im Licht der Straßenlaterne aufblitzen.«

Hauptkommissar Kretzer zückte sein Handy.

»Hallo, Kim«, sprach er hinein. »Fahrt ihr schon mal ins Kommissariat. Ich komme nach. Den Grund erkläre ich euch später.«

Dann unterbrach er das Gespräch und fragte Vincent:

»Wollen wir ins Haus gehen?«

Der Junge nickte. An der Tür wurden sie bereits von Maximilian Sammer erwartet. Sein Gesicht war aschfahl.

»Vincent, geh bitte auf dein Zimmer. Ich habe mit dem Hauptkommissar etwas in meinem Büro zu besprechen.«

Richard Kretzer und der Hausherr saßen sich in dessen Büro am Schreibtisch gegenüber. Im Haus herrschte eine unwirkliche Stille. Sie sahen einander wie Freunde in die Augen. Beide verband das Wissen, dass ein Ende bevorstand. Ihre Gefühle verschwammen dabei zwischen Erleichterung und dem Bewusstsein der Unausweichlichkeit. Dann holte Maximilian Sammer eine Flasche Cognac und zwei Kristallgläser aus einem Schreibtisch, füllte diese und stellte sie vor sich und den Hauptkommissar. Beide nahmen einen Schluck und sahen sich wieder an. Schließlich redete der Hausherr mit einer Stimme, in der seine eigene Ungläubigkeit mitschwang:

»Als ich Freitag recht früh aus der Anwaltskanzlei heimkehrte und gerade vor dem Tor parkte, um die Fernsteuerung zum Öffnen zu betätigen, stand sie plötzlich neben meinem Wagen. Zuerst glaubte ich, meine Mutter sei überraschend zu Besuch gekommen, doch dann erkannte ich, dass diese Person viel jünger war. Ihre Gesichtszüge blieben vollkommen regungslos. Wie eine unwirkliche Erscheinung verharrte die Frau vor mir. Ich schloss die Augen, um den Traum zu verscheuchen, aber als ich sie wieder öffnete, hatte sich nichts geändert. Also stieg ich aus dem Auto und fragte die Frau, wer sie sei.

›Ich bin deine Schwester Josephine.‹, sagte sie sanft und freundlich.

›Woher weißt du das?‹, fragte ich verwirrt.

›Mein Vater hat mir auf dem Sterbebett gestanden, dass er mich einst entführte, damit seine Frau endlich ihr ersehntes Kind bekam. Er nannte auch meinen richtigen Namen und verriet, wer meine Eltern sind.‹

Diese Offenbarung konnte ich nicht fassen, aber die Ähnlichkeit dieser Frau mit meiner Mutter war unverkennbar. Der Anblick erschreckte mich dermaßen, dass ich die Fremde einfach in die Arme schloss, um dem nicht mehr ausgesetzt zu sein. Sie roch muffig und ungewaschen. Die Gedanken in meinem Kopf explodierten. Als meine Schwester damals verschwand, hatte meine Mutter mich gebeten, auf das Baby achtzugeben, weil sie bei dem Unfall auf der Kreuzung helfen wollte. Doch ich war neugierig und ließ den Kinderwagen allein. Mein Vater hat mir das nie verziehen.«

Maximilian Sammer nahm einen weiteren Schluck Cognac.

»Meine Mutter sollte nach meiner schweren Geburt angeblich keine Kinder mehr bekommen können. Erst als ich schon zehn Jahre alt war und bald aufs Gymnasium gehen sollte, kam meine kleine Schwester auf die Welt und zog alle Aufmerksamkeit auf sich. Selbst seine Geschäfte verloren die Bedeutung für meinen Vater. Seine kleine Prinzessin wurde das Wichtigste in seinem Leben. Ich begann das kleine Mädchen, das mir jede Beachtung stahl, zu hassen. Also war ich auch nicht traurig, als sie verschwunden war. Doch mein Vater zerbrach an der Entführung.«

»Und plötzlich tauchte die Schwester wieder auf«, erklärte der Hauptkommissar.

»Ja, und mit ihr die Erinnerung an eine Jugend, in der ich nach ihrem Verschwinden jede Zuwendung und Liebe der Eltern vermisste. Aber es war nicht so, dass ich meine Schwester noch immer hasste. Die übel riechende Frau in meinen Armen erschien mir eher wie ein Fremdkörper, mit dem ich nicht wusste umzugehen. Also bot ich ihr an, sie erst mal in unserem Gartenhaus unterzubringen, da ich Zeit bräuchte, um die Familie auf die neue Entwicklung vorzubereiten. Dazu erfand ich eine schlimme Herzkrankheit meiner Mutter.

Die junge Frau willigte ein. Überhaupt machte sie einen ungewöhnlich souveränen Eindruck, wirkte so, als wäre die ganze Situation vollkommen normal. Sie sagte:

›Das ist in Ordnung. Denn dass ich lebe und gesund und munter bin, muss ja eine große Überraschung für euch sein.‹

›Ist das Ganze denn kein Schock für dich?‹, fragte ich sie und war fassungslos.

›Nein‹, sagte sie ruhig. ›Irgendwie habe ich wohl immer gespürt, dass ich woanders hingehöre. Nun bin ich endlich dort angekommen. Jetzt habe ich für vieles in meinem Wesen eine Erklärung gefunden.‹

Ohne Misstrauen oder Ansprüche folgte die junge Frau mir in das Gartenhaus. Dort versorgte ich sie noch mit einer Flasche Mineralwasser und Keksen. Meine Frau bekam von der ganzen Angelegenheit nichts mit und auch von Vincent glaubte ich, er hätte nichts bemerkt. Dabei hätte mir bewusst sein müssen, dass der Junge seine Augen immer und überall hat.

Kurz darauf setzte ich mich mit meiner Frau und Vincent zum Abendessen. Victoria erzählte munter von einem bevorstehenden Golfturnier und mein Sohn mampfte wie immer still vor sich hin. Diese fröhliche Normalität verdrängte das Erscheinen meiner angeblichen Schwester so sehr in die Irrealität, dass ich nun meinte, einer Hochstaplerin aufgesessen zu sein. Ich wollte aber meine Familie nicht beunruhigen, denn immerhin befand sich diese Frau auf unserem Grundstück. Also plauderte ich unter Aufbietung meiner ganzen Beherrschung fröhlich mit und entlockte mit einem Witz selbst Vincent ein Lächeln. Schließlich verabschiedete ich mich in mein Büro unter dem Vorwand, noch einige wichtige Unterlagen sichten zu müssen.

Die fremde Frau, die meiner Mutter so ähnlich sah, musste eine Hochstaplerin sein. Sie hatte irgendwann von der Entführung meiner Schwester erfahren und machte sich nun die Ähnlichkeit mit meiner Mutter zunutze, um sich in unsere Familie einzuschleichen. Es erschien mir geradezu absurd, dass ein Kind einem Elternteil so sehr glich. Ich zum Beispiel sehe meinem Vater nur entfernt ähnlich. Ich kenne auch keine Familie, wo ein Kind genauso aussieht wie Mutter oder Vater. Aber schon oft hörte ich von Doppelgängern, die einem vollkommen fremden Menschen ungewöhnlich ähnlich sehen und bei berühmten Persönlichkeiten sogar ihren Vorteil daraus zogen.

Welch einen Schock würde es bei meiner Mutter auslösen, wenn sie plötzlich ihrem jugendlichen Spiegelbild gegenüberstand? Beseelt von dem Wunsch, die vermisste Tochter wieder in die Arme schließen zu können, würde sie bestimmt auch auf den Schwindel hereinfallen. Wenn sich die Frau dann als Hochstaplerin entpuppte, müsste meine Mutter erneut einen schweren Verlust verkraften. Das musste ich ihr ersparen.

Herr Kretzer, Sie können sich nicht vorstellen, was in mir vorging. Immer wieder blitzte der Gedanke in mir auf, die Fremde könnte doch meine Schwester Josephine sein. Eine verwahrloste Person, die vermutlich weder Erziehung noch Bildung genossen hatte, sollte ein Teil meiner Familie sein. Wie viel kriminelle Energie steckt in so einer Kreatur? Und würde auch sie mich hassen, weil ich damals nicht auf sie aufgepasst habe? Diese Frau durfte einfach nicht meine Schwester sein.«

Es war ehrliche Verzweiflung, die die Worte von Maximilian Sammer begleitete.

»Es war mittlerweile dunkel und ich begann, mich vor der Fremden in unserem Gartenhaus zu fürchten. Entkommen konnte sie nicht, denn bei Einbruch der Dunkelheit waren die Gartenpforten nur durch einen Nummerncode zu öffnen. Lediglich meine Frau und ich kannten diesen, dachten wir jedenfalls. Ich beschloss, die Polizei anzurufen. Das Telefon lag auf der Fensterbank.

Draußen schaltete der Bewegungsmelder gerade das Licht ein und ich sah durch das Fenster, wie die Frau das Tor öffnete. Etwas verschwand im Gebüsch, dem ich aber keine Bedeutung beimaß. Woher hatte die Fremde den Nummerncode? Voller Angst um Viktoria rannte ich ins Schlafzimmer, wo diese so vertieft in einen Fernsehfilm war, dass sie mich nicht bemerkte. Dann beschloss ich, der Fremden zu folgen. Sie durfte ihre Lüge nicht weiterverbreiten. Vor der Haustür griff ich noch nach dem Gehstock im Schirmständer. Er gehörte einst meinem Vater und hilft auch mir oft, wenn mich Schmerzen im Knie plagen.«

Trotz seines detaillierten Berichtes machte der Hausherr den Eindruck, als könne er selbst nicht glauben, was er erzählte.

»Die junge Frau hatte es offensichtlich nicht eilig. So erreichte ich sie am Ende unseres Gartenzauns.

›Wo wollen Sie hin?‹, rief ich ihr zu.

Sie blieb stehen und drehte sich zu mir um. Im Schein der Straßenlaterne blickte ich wieder in das jugendliche Gesicht meiner Mutter. Ich war wie erstarrt.

›Nach Berlin‹, antwortete sie und ließ dabei keinen Zweifel an ihrer festen Absicht. ›Ich will zu meiner Mutter.‹

›Aber ich habe Sie doch gebeten, mir für diesen Kontakt Zeit zur Vorbereitung zu geben‹, flehte ich die Frau an.

›Du sagst wieder ›Sie‹ zu mir, also glaubst du mir nicht, dass ich deine Schwester bin, aber meine Mutter wird mich erkennen.‹

In diesem Moment wurde mir klar, dass diese Frau zufällig die Ähnlichkeit mit meiner Mutter entdeckt hatte und diese nun ausnutzen wollte. Was eine unvorbereitete Begegnung auslösen könnte, war ihr vollkommen egal. Sie verfolgte ihren gemeinen Plan ohne Rücksicht auf die Gefühle anderer. Das durfte ich nicht zulassen.

Ohne nachzudenken, hob ich den Gehstock und schlug ihr mit dem silbernen Knauf auf den Kopf. Sie taumelte rückwärts, stand aber noch. Dann schlug ich erneut zu, diesmal mit meiner ganzen Kraft. Sie fiel einfach um. Ich schaute auf ihren leblosen Körper und spürte Erleichterung. Niemand durfte meine Familie bedrohen.

Wie in Trance ging ich zu unserem Haus zurück. Dort wischte ich das Blut vom Knauf des Gehstocks und stellte ihn wieder in den Schirmständer. Als ich meine Frau Viktoria oben auf der Treppe sah und sie fragte, ob ich endlich ins Bett käme, verschwand das Erlebte im Nebel der Alltäglichkeit.«

Ganz ruhig saß Maximilian Sammer vor dem Hauptkommissar und wirkte so, als hätte er nur irgendeine Geschichte erzählt, die ihn selbst nicht betraf. Kretzer hatte die Art, wie der Hausherr sein Geständnis vorgetragen hatte, tief bewegt. So abscheulich dieser Mord war, so wenig passte er zu diesem Mann, dem langsam die Tragweite seiner Worte bewusst zu werden schien. Mit ungläubiger Stimme fragte er:

»War diese Frau wirklich meine Schwester Josephine?«

»Ja, das hat die DNA-Analyse eindeutig ergeben.«

»Dann habe ich meine Schwester erschlagen«, stellte Maximilian Sammer ohne Regung fest.

»Ja, und ich muss Sie jetzt verhaften.«

Diese Aussage schwebte wie ein unwirklicher Geist durch den Raum. Der Angesprochene war ganz in seine Gedanken versunken. Der Hauptkommissar stand auf und griff sein Handy.

»Ich werde jetzt meine Kollegen informieren«, sagte er im Hinausgehen.

Auf dem Flur zögerte er und wusste nicht, ob er sich zu dem Hausherrn umdrehen sollte. Kretzers Körper und sein Geist waren bis zum Bersten angespannt. Dann ertönte ein Schuss. Der Hauptkommissar musste nicht hinschauen, um zu begreifen, was geschehen war. Die Urkunden an der Wand hatten bewiesen, dass Maximilian Sammer Sportschütze war.

Er rief seine Kollegen an.

»Hallo, Kim, wo seid ihr?«

»Wir haben uns Sorgen gemacht. Wir stehen noch am Auto vor der Haustür und warten auf dich«, antwortete die Kommissarin.

»Gut. Maximilian Sammer hat den Mord an seiner Schwester gestanden und sich anschließend selbst getötet.«

»Das ist ja schrecklich!«, sagte Kim Kaiser ehrlich betroffen.

»Ich konnte es nicht verhindern. Als ich den Mann gerade verhaften wollte, zog er blitzschnell eine Waffe und erschoss sich«, log Kretzer. »Bitte ruft im Kommissariat an und bestellt die ganze Mannschaft hierher. Ich mache euch gleich die Tür auf.«

Dann beendete der Hauptkommissar das Gespräch, denn er sah Viktoria Sammer kommen.

»Habe ich einen Schuss gehört?«, fragte die Frau ängstlich.

Kretzer ging zu ihr und bat:

»Lassen Sie uns ins Wohnzimmer gehen.«

»Warum? Und wo ist mein Mann?«

»Er hat den Mord an seiner Schwester gestanden und sich dann selbst gerichtet. Bitte ersparen Sie sich den Anblick.«

Frau Sammer schaute den Hauptkommissar mit einer Mischung aus Ungläubigkeit und Entsetzen an. Dann warf sie einen Blick durch die offene Bürotür. Kretzer wusste nicht, was sie sah, denn er hatte noch nicht gewagt, sich umzudrehen. Der Körper der Frau erzitterte. Mühsam um Beherrschung ringend, flüsterte sie:

»Bitte folgen Sie mir.«

Dann schritten beide in Richtung Wohnzimmer.

Es war schon Abend, als der Hauptkommissar seine Wohnung erreichte. Dort ließ er sich erschöpft und mitgenommen in einen Sessel sinken. Kim Kaiser hatte ihn nur angesehen und gewusst, dass ihr Chef den Selbstmord hätte verhindern können. Doch sie schwieg. So wurde eine unvorhersehbare Verzweiflungstat des Mörders zu der offiziellen Version.

Mit welcher schier übermenschlichen Selbstbeherrschung die Ehefrau und die Mutter, die an einem einzigen Tag die Nachricht von dem Tod ihrer beiden Kinder erhalten hatte, den Tatsachen begegnet waren, erfüllte Kretzer mit Hochachtung. Er wollte sich nicht mit Selbstvorwürfen quälen, dass er den Selbstmord eines so jungen Mannes und Familienvaters nicht verhindert hatte. Sein Gefühl sagte ihm, dass es die richtige Entscheidung gewesen war, Maximilian Sammer sein Schicksal selbst bestimmen zu lassen. Doch welche Tragödie diese Familie heimgesucht hatte, verfolgte ihn noch im Schlaf.

Der Wahrsager

Dass etwas Ungewöhnliches geschehen sein musste, war deutlich am Straßenbild zu erkennen. Zwei Polizeiwagen standen vor einem dreigeschossigen Gebäude, dessen Eingangsbereich mit einem weiß-roten Flatterband abgesperrt war. Im Erdgeschoss befand sich seitlich eine Bäckerei, vor der sich ein Pulk von Menschen versammelt hatte. Rechts daneben war eine Einfahrt, vor der ein Schild auf Parkplätze hinwies. Dort fuhr Hauptkommissar Kretzer hin und musste feststellen, dass bereits durch seine Kollegen von der Spurensicherung und der Gerichtsmedizin alles belegt war. Genervt stellte er seinen Wagen einfach so ab, dass er deren Ausfahrt blockierte.

Vor dem Hauseingang sah er neben einer schluchzenden Frau ein recht unscheinbares Schild mit der Aufschrift »Apollonius, Astrologe und Wahrsager«. Anhand der Klingeln erkannte Kretzer, dass nur zwei Wohnungen über der Bäckerei lagen. In der einen wohnte eine Maren Kunze und in der anderen ein Namenloser. Da ihm der Fund einer männlichen Leiche gemeldet worden war, handelte es sich vermutlich um Letzteren.

Nun trafen auch seine beiden Mitarbeiter, die Kommissare Kim Kaiser und Juan Montez, ein, die ganz offensichtlich gestresst von der Parkplatzsuche waren. Warum nur erreichten die Todesnachrichten die Mordkommission vorwiegend am Morgen, bevor er in Ruhe seinen Kaffee getrunken hatte? Doch Kim Kaiser, die Richard Kretzers missmutiges Gesicht sah, eilte sogleich in das Café, das zu der Bäckerei gehörte, und kehrte mit einem Pappbecher Kaffee zurück. Schon erhellte sich die Miene des Hauptkommissars.

Während er einen Schluck trank, sagte ein Polizist: »Zweiter Stock. Kein Fahrstuhl.«

Seine beiden Mitarbeiter machten sich auf den Weg, doch Kretzer wand sich zuerst an die schluchzende Frau.

»Kannten Sie den Toten?«

Die Frau war kaum in der Lage, einen klaren Satz herauszubringen. Schließlich antwortete sie:

»Was soll ich nur ohne Apollonius machen? Gerade heute wollten wir meinen neuen Lebensweg besprechen. Nur er weiß doch, was die Zukunft bringt und wie ich den richtigen Weg einschlage. Ich bin verloren.«

Vor Schluchzen zitternd, klammerte sie sich an einen Polizisten, der Hilfe suchend den Hauptkommissar anblickte. Kretzer hasste solche Anfälle von Selbstmitleid, wie sie sich bei der Frau zeigten, war doch der Anlass seines eigenen Erscheinens weitaus tragischer. Wortlos schritt er die Treppe hinauf.

Als er die Wohnung betrat, sah er Kim Kaiser verstört an einen Türrahmen gelehnt. Dahinter öffnete sich ein großer Raum, an dessen Ende ein Fenster den Blick auf die Kronen der Bäume freigab, die den Parkplatz säumten. Die Balkontür war geschlossen. Auf dem Boden lag rücklings ein Mann, und der Hauptkommissar verstand sogleich, was seine Kollegin so erschüttert hatte. Der offene Mund des Toten stand voller Blut, das aus den Mundwinkeln in Rinnsalen auf den Boden geflossen und nun getrocknet war. Neben der Leiche kniete der Gerichtsmediziner. Als er den Hauptkommissar bemerkte, sagte dieser:

»Kein schöner Anblick. Es scheint, als sei der Tote an seinem eigenen Blut erstickt.«

»Und woher kommt das viele Blut?«, fragte Kretzer und bedeutete Juan Montez mit einer Kopfbewegung, seine Kollegin aus der Wohnung zu führen. Kim Kaiser war noch nicht lange bei der Mordkommission.

»Ihm wurde die halbe Zunge abgeschnitten.«

Dann zeigte der Gerichtsmediziner auf ein scharfes Messer,

das neben der Leiche auf dem Boden lag. Nach einem zustimmenden Nicken des Hauptkommissars sicherte ein Mitarbeiter der kriminaltechnischen Untersuchung den Beweis.

»Aber warum hat der Mann das Blut nicht einfach ausgespuckt? Er liegt da wie schlafend.«

»Das kann ich dir erst nach weiteren Untersuchungen sagen. Ich vermute aber, dass er betäubt wurde.«

»Er soll nichts gemerkt haben?«

»Das nehme ich an, denn sonst hätte er sein Ersticken verhindert.«

»Todeszeitpunkt?«

»Nach ersten Schätzungen gestern Abend. Genaueres kann ich erst später sagen.«

Dann wies der Gerichtsmediziner seine Leute an, die Leiche mitzunehmen. Hauptkommissar Kretzer ging zu seinen Mitarbeitern. Kim Kaiser hatte sich zwischenzeitlich gefangen und schaute sich in der Wohnung um.

»Das Alltagsleben des Mannes fand offensichtlich in dem anderen Zimmer statt. Dort stehen ein Bett, ein Schrank, ein Schreibtisch und ein Fernseher. Es ist ziemlich vollgestellt. Bücher türmen sich auf dem Boden. Alles Werke, die sich mit Übersinnlichem, alten Kulturen und sonstigem esoterischem Kram beschäftigen. Dann gibt es dort noch ziemlich zerfledderte astrologische Tabellen und natürlich einen Computer.«

Im Gegensatz zu dem sorgfältig aufgeräumten, großzügigen Wohnzimmer sah dieser Raum chaotisch und staubig aus.

»Schaut bitte mal nach, ob ihr eine Kundendatei findet«, sagte Kretzer.

»Von diesem Gestank in der Wohnung ist mir schon ganz schwindelig«, meckerte Juan Montez. »Können wir nicht mal die Fenster öffnen?«

»Das ist kein Gestank!«, protestierte Kim. »Es ist der Duft von Räucherstäbchen. Seht mal hier.«

Die Kommissarin hielt eine Handvoll kleiner Pakete hoch.
»Das sind alles Düfte, die einen Sinn haben.«

Dann las sie vor:

»Pflanzenduftmischung zur Beruhigung, zur Erweiterung des Geistes, zur inneren Einkehr und so weiter.«

»Die benutzte der Typ wohl, um seine Kunden einzulullen«, bemerkte Juan und verzog das Gesicht. »Ich finde, es stinkt.«

Der Hauptkommissar öffnete ein Fenster und befahl dann: »Sucht einfach alles, was uns bei den Ermittlungen nützlich sein kann. Ich gehe zurück in den anderen Raum.«

Dort war die Leiche inzwischen abtransportiert worden und nur das Blut auf dem taubenblauen Teppich zeugte noch von der Tat. Zwei lange Sofas mit eierschalenfarbenen Bezügen, ein Sessel in der gleichen Farbe und ein Tisch aus Eichenholz standen in dem Zimmer. In allen vier Ecken wuchsen hohe Topfpflanzen. An den in zartem Hellblau gestrichenen Wänden rekelten sich einige Regale bis zur Decke, in denen wohl geordnet Bücher standen und einige Zeitschriften sich stapelten. Allerlei Figuren und anderer Nippes füllten die Lücken. Außerdem hingen abstrakte Bilder an der Wand, die mit kraftvollen Schwüngen in den Farben Rot, Gelb, Grün, Blau, Weiß und Schwarz gemalt worden waren.

Kretzer öffnete die Balkontür und ließ frische, sommerliche Luft in den Raum strömen. Dann blickte er auf den Tisch, um Anzeichen für die Anwesenheit eines zweiten Menschen am gestrigen Abend zu finden. Doch dieser war sorgfältig abgewischt, zeigte nicht das kleinste Staubkörnchen. Überhaupt wirkte das Zimmer beinahe steril.

Er suchte die Küche auf. Auch diese zeigte keine Anzeichen von Benutzung, war blitzblank geputzt. Entweder hatte der Täter alles sorgfältig gesäubert oder der Tote war ein Reinlichkeitsfanatiker. Dieser These widersprach aber der Eindruck, den das Schlafzimmer vermittelte. Dort herrschte staubiges Chaos.

Ein Kollege von der Spurensicherung trat zu Hauptkommissar Kretzer.

»Am Fundort der Leiche, in der Küche, auf dem Flur und im Bad hat jemand derart sorgfältig geputzt, dass wir so gut wie gar keine brauchbaren Fingerabdrücke fanden. Die an der Türklinke gehören vermutlich dem Toten. Einbruchsspuren gibt es auch keine. Wir haben alle Becher und Tassen für eine Untersuchung sichergestellt, denn der Kollege von der Gerichtsmedizin meinte ja, der Typ sei vor seinem Ableben betäubt worden. Das Bettlaken im Schlafzimmer werden wir auch noch untersuchen. Vielleicht findet sich dort Fremd-DNA.«

»Gut gemacht«, lobte Richard Kretzer. »Dann seid ihr wohl fertig.«

Der Mann nickte und verabschiedete sich. Im Wohnzimmer fand der Hauptkommissar Kim Kaiser versonnen vor den abstrakten Bildern. Als sie ihren Chef wahrnahm, sagte sie:

»Die Gemälde zeigen Symbolfarben. Das habe ich mal in einer Zeitung beim Friseur gelesen. Rot steht für Liebe und Kraft, Grün für Wachstum und Veränderung, Blau für Treue und Geduld, Gelb für Erleuchtung und Weitsicht, Weiß für Unschuld und Geburt und Schwarz für Abschluss und Tod.«

»Oh, ich arbeite mit einer Esoterik-Expertin zusammen«, bemerkte Juan Montez grinsend. »Solche Hexenweiber kenne ich aus Mexiko. Nur arbeiten die lieber mit ekligem Getier.«

Seine Kollegin ließ sich nicht beeindrucken, sondern nahm aus dem Regal einen Stapel von Tarot-Karten. Dann deutete sie auf ein astrologisches Buch, das offensichtlich Tabellen zur Sterndeutung enthielt.

»Der Tote war scheinbar auch Astrologe. Die Sterndeutung gilt schon seit vielen Jahrhunderten als ernsthafte Wissenschaft.«

»Ja, ja«, kommentierte Juan. »Und wenn in deinem Horoskop steht, dass heute dein Glückstag ist, spielst du gleich Lotto.«

Kim Kaiser boxte ihn leicht in die Seite, schnappte sich dann einen Karton, den sie auf dem Tisch abgestellt hatte, und sagte: »Los, Leute, es gibt viel zu tun.«

Die beiden Kommissare brachen auf, während sich ihr Chef noch in dem Zimmer umsah. Hier hatte der Tote also seine Kunden beraten. Irgendeiner von diesen musste nicht zufrieden gewesen sein mit seinen Zukunftsaussichten. Was waren das überhaupt für Menschen, die sich durch einen Wahrsager Besserungen in ihrem Leben versprachen? Hoffentlich gab es wenigstens eine Kundenkartei. Oder hatte dieser Apollonius vielleicht eine Beziehung, die nun tragisch endete?

»Das hätte der Wahrsager aber doch vorhersehen müssen«, scherzte Kretzer in Gedanken. »Wer war dieser Mann überhaupt?«

Sehr schnell konnte Juan Montez Licht in das Dunkel der Identität des Toten bringen. Stolz verkündete er:

»Apollonius heißt mit bürgerlichem Namen Manfred Hauser und wurde vor 41 Jahren in Köln geboren. Sein Vater ist unbekannt, seine Mutter seit zehn Jahren nirgendwo mehr gemeldet. Geschwister scheint er auch keine zu haben. Ohne Schulabschluss hielt er sich mit Gelegenheitsjobs, Diebstählen und Betrügereien über Wasser, landete schließlich im Gefängnis, wo er vor sechs Jahren entlassen wurde. Seitdem ist er den Behörden nicht mehr negativ aufgefallen, hat seine Tätigkeit als Astrologe und Wahrsager sogar ordnungsgemäß angemeldet und zahlte brav seine Steuern. Ein vorbildlicher Fall von Resozialisierung.«

»Nun wissen wir wenigstens, wer der Tote ist«, bemerkte Hauptkommissar Kretzer. »Doch hilft uns das weiter? Recherchier doch mal, mit wem er seine Zelle in der JVA teilte. Vielleicht finden wir dort einen Ansatz. Und hör dich mal in der Bäckerei beim Fundort um. Von dort kann man sehr gut beobachten, wer im Haus ein und aus geht. Zeigte sich Manfred Hauser mit Freunden oder Bekannten? Hatte er regelmäßigen Besuch? Gab es eine Partnerin oder einen Partner?«

Kim Kaiser hatte sich in einen anderen Raum zurückgezogen, um in Ruhe die Unterlagen aus dem Karton ausbreiten und untersuchen zu können. Bis Feierabend ließ sie sich nicht mehr blicken.

Der Hauptkommissar suchte derweil erfolglos im Internet nach einer Website des Ermordeten. Er fand auch keine Werbung von Apollonius in den Zeitungen. Wie kam der Mann zu seinen Kunden? Im örtlichen Golfklub war er unbekannt. Schließlich rief er einfach eine Wahrsagerin aus der Umgebung an, deren Telefonnummer er im Internet fand. Und tatsächlich, diese Frau hatte schon von Apollonius gehört, kannte ihn aber nicht persönlich. Nach einigem Drängen durch Kretzer gab sie schließlich zu, dass Apollonius ein gewisser Ruf vorauseilte, der ihres Erachtens aber vollkommen unberechtigt war.

»Was sagte man denn über diesen Mann?«, wollte der Hauptkommissar nun wissen.

»Sie sind doch von der Polizei«, stellte die Frau fest. »Dann muss Ihnen doch bekannt sein, dass dieser Apollonius sich stets hinter doppeldeutigen Aussagen verbirgt und damit nie schuld ist, wenn er jemanden ins Unglück stürzt. Eine seiner ehemaligen Kundinnen muss nun meine Hilfe in Anspruch nehmen, um ihr verkorkstes Leben wieder in den Griff zu bekommen. Es wird wirklich langsam Zeit, dass Sie diese Schande für unsere Zunft hinter Schloss und Riegel bringen.«

»Ich muss Sie nun bitten, mir den Namen dieser ehemaligen Kundin von Apollonius zu nennen. Wir brauchen sie als wichtige Zeugin.«

»Zwar bin ich grundsätzlich zur Geheimhaltung verpflichtet, aber wenn Sie diesen Schurken dingfest machen können, werde ich dieses Mal darauf verzichten. Die Frau heißt Lilly

Franzen. Ich gebe Ihnen auch gern ihre Adresse und Telefonnummer.«

Lilly Franzen war wenig begeistert, als der Hauptkommissar sie für den nächsten Vormittag vorlud, aber sie gehorchte. Mittlerweile war der Mord an dem Wahrsager schon durch die Presse bekannt geworden und die Frau war bei ihrem Eintreffen sichtlich verunsichert.

»Guten Morgen, mein Name ist Kretzer«, begrüßte der Hauptkommissar die Frau. Dann stellte er Kim Kaiser vor, die gerade rechtzeitig zu der Vernehmung eingetroffen war. Juan Montez stellte auswärts Nachforschungen an.

»Ich freue mich, Frau Franzen, dass Sie uns bei den Ermittlungen bezüglich des Todes von Manfred Hauser, Ihnen sicher besser bekannt als Apollonius, unterstützen«, begann Kretzer. »Was können Sie mir zu diesem Mann sagen?«

Schüchtern blickte die Frau drein und schwieg.

»Soweit wir wissen, waren Sie früher seine Kundin«, übernahm Kim das Gespräch. »Waren Sie zufrieden mit seinen Leistungen?«

Der Hauptkommissar sah deutlich, wie unangenehm Frau Franzen die Situation war, doch dann antwortete sie schließlich:

»Apollonius war ein Mann, der verstand, die Menschen vollkommen in seinen Bann zu ziehen.«

»Warum haben Sie ihn zum ersten Mal aufgesucht?«, fragte Kim.

»Meine Ehe steckte in einer Krise. Mein Mann hatte nur noch Zeit für seine Firma.«

»Was für eine Firma?«

»Wir handelten mit Farben und Lacken und hatten ein kleines Geschäft. Früher arbeitete ich auch dort, aber dann kamen die Kinder und ich machte die Buchhaltung von zu Hause aus.«

»Und weiter?«

»Als die Kinder größer wurden, verbrachten sie viel Zeit mit ihren Freunden und Hobbys. Ich war ständig allein, weil mein Mann von morgens bis abends im Betrieb war. Dann ging er auch noch abends weg, angeblich um sich mit Kunden zu treffen, aber das mochte ich nicht glauben. Schließlich suchte ich Apollonius auf, weil ich wissen wollte, ob mein Mann eine Geliebte hatte.«

Die Augen der Frau füllten sich mit Tränen.

»Wir waren so glücklich gewesen, doch nun fühlte ich, dass meinen Mann etwas bedrückte. Bei Fragen wich er mir stets aus und meinte, ich solle mir keine Sorgen machen. Natürlich musste er um das Bestehen unseres Geschäftes kämpfen, aber wir hatten treue Stammkunden.«

»Wie sind Sie überhaupt auf Apollonius gekommen?«, wollte Kretzer wissen.

»Ich hörte zufällig von ihm. Eine Bekannte schwärmte davon, dass ihre Ehe ganz neue Impulse durch seine Ratschläge bekommen habe. Plötzlich kleidete sie sich anders, alberte herum wie ein Teenager und besuchte mit ihrem Mann sogar einen Tanzkurs. Ich wollte auch meine Ehe retten.«

»Gut, und was geschah dann?«

»So genau erinnere ich mich nicht mehr an all seine Worte. Aber bei der dritten Sitzung, in der er die Sterne deutete und Karten legte, sprach er wie in Trance: ›Ihr Mann hütet ein Geheimnis, das sich bald offenbaren und ihr ganzes Leben verändern wird.‹ Damit war ich mir sicher, dass mein Mann eine Geliebte hatte und unsere Ehe gescheitert war. Ohne auch nur eine weitere Frage zu stellen, stürzte ich aus dem Zimmer. Apollonius folgte mir und rief, ich solle seine Wahrsagung nicht missdeuten. Doch ich rannte nur davon.«

Nun weinte die Frau und schluchzte schließlich:

»Ich wusste ja, dass Apollonius' Weissagungen mehrdeutig

sind, aber in dem Moment ließ ich keine Zweifel an meinem Verdacht zu. Sofort fuhr ich zu unserem Geschäft. Mein Mann war mit einer sehr jungen, neuen Angestellten im Lager. Sie standen ganz dicht beieinander. Als die junge Frau bei meinem Erscheinen auch noch errötete, wusste ich, dass ich die beiden Liebenden gerade ertappt hatte.«

»Das tut mir sehr leid für Sie«, bemerkte Kim mitfühlend.

»Abends gab es dann einen furchtbaren Streit zwischen meinem Mann und mir, bei dem er alles abstritt. Angeblich habe er der Angestellten nur einen Überblick über die Lagerbestände vermittelt. Diese Lüge machte mich noch wütender. Durch das Geschrei wurden unsere Kinder wach und waren vollkommen entsetzt über die Offenbarung, dass ihr Vater ein Betrüger war. Schließlich verließ mein Mann das Haus.«

»Dann haben Sie also durch Apollonius erfahren, dass ihr Verdacht berechtigt war«, stellte der Hauptkommissar nüchtern fest.

Nun schüttelte Frau Franzen ein Weinkrampf. Kim reichte ihr Papiertaschentücher, während Kretzer aus dem Fenster schaute. Er hasste diese Art von intimen Geständnissen. Konnte aber das Aufdecken einer außerehelichen Affäre der Grund für einen Mord sein? Dann kam wohl eher der untreue Ehemann als Mörder infrage.

»Es war aber alles ganz anders«, fuhr die Frau schließlich fort. »Dieser Apollonius mit seinen doppeldeutigen Sätzen. Anfangs übernachtete mein Mann noch in den Geschäftsräumen, aber dann erfuhr ich, dass er doch tatsächlich bei der jungen Frau eingezogen war. Ich fühlte mich so gedemütigt. Wie ein alter Waschlappen war ich gegen etwas Neues, Attraktiveres, Jüngeres ausgetauscht worden. Also reichte ich sofort die Scheidung ein. Immerhin stand mir die Hälfte unseres gemeinsam erarbeiteten Vermögens zu. Nun wollte ich meinen Mann nur noch vernichten, seine Firma ruinieren, indem ich mein Geld verlangte. Mein

Mann war erschüttert, verzweifelt und flehte mich an, nicht so hartherzig zu sein, ihm sein Lebenswerk zu nehmen. Noch immer fühlte er sich zu Unrecht der ehelichen Untreue angeklagt. Doch ich blieb hart. Darin bestärkten mich auch unsere beiden Kinder. Ich hatte sie überzeugt, dass einzig mein Mann Schuld an dem Scheitern der Ehe sei. Nun wollte ich wenigstens für die Kinder und mich das Maximale aus der Trennung herausschlagen.«

Mittlerweile fühlte sich auch Kim Kaiser unbehaglich ob dieses Familiendramas. Also versuchte sie auf die sachliche Ebene zurückzukehren.

»Sind Sie mittlerweile geschieden und haben Ihre Ansprüche durchgesetzt?«

»Ja, und mein Mann war echt fertig, doch diese junge Frau hielt immer noch zu ihm.«

»Dann können Sie ja zufrieden sein«, versuchte Kim das Gespräch zu beenden.

»Nein!«, schrie Lilly Franzen aufgebracht. »Gleich nach der Scheidung wurde mein Ex-Mann steinreich. Die ganzen 22 Jahre konnte er mir verheimlichen, dass er adoptiert war. Nun war sein leiblicher Vater, ohne irgendwelche Angehörigen zu hinterlassen, gestorben und mein Ex erbte ein Vermögen, von dem ich nichts mehr abbekommen konnte. Unsere beiden Kinder änderten flugs ihre Meinung über ihren Vater und wollten nun lieber bei dem Millionär wohnen. Plötzlich war ich, wenn auch nicht mittellos, ganz allein. Selbst alte Freunde wandten sich von mir ab. Mein Mann war der Sieger und ich die lieblose, rachsüchtige Ex-Frau. Selbst mein folgender Nervenzusammenbruch und die vorübergehende Einweisung in eine Psychiatrie erzeugten kein Mitleid. Niemand wollte mehr etwas mit mir zu tun haben.«

Wie ein Häufchen Elend hockte die Frau auf ihrem Stuhl. Kim Kaiser und Hauptkommissar Kretzer blicken sich erschüttert an, bis Letzterer schließlich sagte:

»Und all dieses Unglück haben Sie diesem Apollonius zu verdanken. Da ist es nachvollziehbar, dass Sie Rache nehmen wollten.«

»Tatsächlich hätte ich diesen Wahrsager am liebsten tot gesehen«, gestand die Frau. »Aber eigentlich hat er doch recht gehabt. Mein Mann hütete ein Geheimnis, und zwar, dass er adoptiert war. Und mit der Erbschaft von seinem leiblichen Vater hätte sich unser gemeinsames Leben sicher verändert. In der psychiatrischen Klinik wurde mir klar, dass allein mein Misstrauen die Ehe zerstörte.«

»Wo waren Sie vorgestern gegen Abend?«, fragte Kretzer.

»Bei meiner neuen Wahrsagerin. Sie prophezeite mir eine baldige glückliche Zukunft mit einem anderen Mann. Anschließend tranken wir noch Wein und plauderten über meine Pläne.«

»Wie viel nimmt denn diese Wahrsagerin für eine Sitzung?«, wollte Kim Kaiser wissen.

»Pro Stunde 50 Euro, aber das kann ich mir nicht ewig leisten.«

»Ich danke Ihnen, dass Sie uns bei unseren Ermittlungen geholfen haben«, sagte Kretzer und machte deutlich, dass damit die Vernehmung beendet war. »Wenn wir noch Fragen haben, kommen wir auf Sie zu.«

Als die Frau den Raum verlassen hatte, seufzte Kim Kaiser:

»Dieser Apollonius hat mit einem einzigen Satz die ganze Familie zerstört. Das ist ja gruselig.«

»Hältst du Lilly Franzen für die Mörderin?«, wollte der Hauptkommissar wissen.

»Verstehen könnte ich das zwar, aber ich glaube, sie hat ihre eigenen Fehler eingesehen. Außerdem ist sie für so eine Tat viel zu unsicher. Schon wieder lässt sie sich von einer Wahrsagerin das Leben bestimmen.«

»Also sind wir keinen Schritt weiter. Hast du in den Unterlagen eine Kundenkartei gefunden?«

»Nein, leider nicht. Nur einen Haufen Zettel mit merkwürdigen Sätzen, mit denen Apollonius vermutlich seine Kunden beglückt hat. Es sind alles doppeldeutige Aussagen, die am Ende mit Initialen versehen sind, die wohl auf den Empfänger der Botschaft hindeuten sollen.«

»Erschien dir einer der Sätze verdächtig? Könnte irgendein Zettel Hinweise auf den Mörder enthalten?«

»Möglich wäre das, aber dazu müsste ich wissen, für wen diese Weissagungen bestimmt waren. Was soll ich zum Beispiel mit dem Satz ›Sehen Sie die Zahlen und erkennen Sie den Reichtum der richtigen Entscheidung‹ anfangen? Ist das ein Tipp für Aktiengeschäfte? Dann aber so vage, dass man wohl kaum Reichtum damit erlangen kann. Wir können gern noch mal gemeinsam die wirren Unterlagen durchsehen.«

»Das ist nicht nötig«, wehrte Richard Kretzer ab. »Ich vertraue dir und deiner Intuition.«

»Danke, aber die Deutung dieser Sätze überfordert selbst meine weibliche Fantasie.«

Nun trat Juan Montez sichtlich gestresst in den Raum. Sich in seinen Bürostuhl fallen lassend, berichtete er:

»Schon heute Morgen um sieben Uhr besuchte ich die Bäckerei am Tatort. Ich bestellte mir einen Becher Kaffee, zwei belegte Brötchen und nahm an einem Bistrotisch mein Frühstück ein. Dabei konnte ich trefflich den Tratsch der Weiber belauschen. Und natürlich war der Mord an Apollonius ein Thema. Aber die Leute wussten nicht viel über ihn. Ich erfuhr nur, dass dessen Kunden offensichtlich nie durch die vordere Tür zu ihm gingen, sondern es auch noch einen Eingang zum Treppenhaus vom Parkplatz hinter dem Gebäude gibt.«

Kim Kaiser stellte einen Becher Kaffee vor ihrem Kollegen auf den Schreibtisch, was dieser mit einem Lächeln dankte.

»Dann beschäftigte aber ein anderes Thema die Gemüter. Eine Frau Mühlheim war gestorben. Sie muss schon länger sehr krank gewesen sein und lag wohl im Krankenhaus. Die Kundinnen erinnerten sich, dass die Frau mit ihrem Mann einst das Café ganz in der Nähe betrieben hatte. Es soll sehr gut gelaufen sein und wurde vor Jahren von dem Sohn Sebastian Mühlheim übernommen.«

»Ja, an das Café erinnere ich mich«, unterbrach Hauptkommissar Kretzer. »Das war ein ganz gediegener Laden, in dem die Mutter noch selbst gebacken hat. Doch dann modernisierte der Sohn alles. Er wollte wohl junges Publikum anziehen, aber mir gefiel das Café dann nicht mehr so gut. Die Gemütlichkeit ging verloren und der Kuchen war nur noch Massenware.«

»Dabei muss sich der Sohn ziemlich verschuldet haben«, fuhr Juan Montez fort. »Und bald muss er auch die Geschäfte sehr vernachlässigt haben. Jedenfalls verkaufte er das Café. Heute ist dort eine Sushi-Bar. Der Verlust ihres Lebenswerkes soll die Eltern so hart getroffen haben, dass beide sehr krank wurden. Die Kundinnen der Bäckerei waren nicht gut auf Sebastian Mühlheim zu sprechen.«

»Kannst du nicht mal bei der Sache bleiben? Das hat doch alles nichts mit unserem Fall zu tun«, kritisierte Kim. »Hast du nichts Hilfreicheres herausgefunden?«

Juan Montez warf ihr einen wütenden Blick zu, grinste dann aber und fuhr fort:

»Als ich hinten auf dem Parkplatz nach der zweiten Eingangstür zum Treppenhaus suchte, bemerkte ich davor einen gut gekleideten Mann. Dieser wollte gerade durch die nicht abgeschlossene Tür treten. Als ich ihn fragte, zu wem er denn wolle, wirkte er ertappt und ich zeigte ihm meinen Dienstausweis. Daraufhin stellte er sich als Gerhard Bruger und Direktor der örtlichen Sparkassenfiliale vor. Sogleich fragte er mich, ob ich als Polizeibeamter zur Verschwiegenheit verpflichtet sei. Ich bejahte das, weil ich mir sicher war, sonst kein weiteres Wort aus dem Mann herauszubekommen. Also gab er zu, Apollonius besuchen zu wollen. Offensichtlich hatte er von dessen Tod noch gar nichts gehört. Bis gestern Abend war er auf Dienstreise gewesen und hatte heute Morgen noch keine Zeitung gelesen. Der Sparkassen-Direktor war von der Nachricht sichtlich erschüttert, wirkte beinahe verzweifelt. Er stammelte:

›Apollonius ist tot? Das darf doch nicht wahr sein. Was soll ich denn ohne ihn machen?‹

›Gehören Sie zu den Kunden des Wahrsagers?‹, fragte ich.

›Ja, aber das darf niemand erfahren. Was macht es denn für einen Eindruck, wenn herauskommt, dass ein leitender Angestellter der Sparkasse den Rat eines Astrologen sucht?‹

›Waren Sie oft bei ihm?‹

›Ja, jede Woche zweimal. Apollonius meinte, er könne ein wirklich aussagekräftiges Horoskop nur für einen Zeitraum von drei bis vier Tagen erstellen.‹

›Und haben diese Weissagungen Ihnen etwas gebracht?‹, wollte ich schmunzelnd wissen. Die Vorstellung war ja geradezu aberwitzig.

›Glauben Sie denn, ich werfe mein Geld zum Fenster raus?‹, empörte sich der Mann. ›Viele bedeutende Männer der Geschichte haben sich auf den Rat ihrer Astrologen verlassen. Und Apollonius war ein Genie. Mit ihm wusste ich die richtigen Entscheidungen an den richtigen Tagen zu treffen. Er irrte sich nie. Ihm verdanke ich, nun bald in eine größere Filiale unserer Sparkasse berufen zu werden. Wie soll ich nur ohne ihn zurechtkommen?‹

Der Direktor brach beinahe zusammen. Dann sagte er unglücklich:

›Ich verstehe das nicht. Bei meinem letzten Besuch war Apollonius doch noch putzmunter.‹

›Sie werden es ja doch bald aus der Zeitung erfahren. Der Wahrsager wurde ermordet.‹

›Das ist ja entsetzlich. Welch ein Monster tut denn so etwas? Finden Sie diesen Kerl!‹, sagte er zum Abschied.

Ich glaube, Gerhard Bruger können wir aus dem Kreis der Verdächtigen ausschließen«, beendete Juan Montez seinen Bericht. »Der Mann war nicht nur vollkommen überrascht von der Todesnachricht, sondern auch noch ehrlich verzweifelt.«

»Es ist schon erstaunlich, wer sich alles Rat bei einem Wahrsager holt«, bemerkte Kim Kaiser. »Da wäre eine Kundenliste sehr hilfreich, aber die konnten wir ja bisher nicht finden.«

»Dieser Apollonius führte nicht einmal einen Terminkalender«, stellte der Hauptkommissar fest. »Also hatte er entweder ein vorzügliches Gedächtnis oder war sorglos nachlässig. Juan, hast du dich schon mit der JVA in Verbindung gesetzt, wo der Ermordete einsaß?«

»Ja, aber auch von dort erhielt ich keine weiterführenden Hinweise. Manfred Hauser teilte die ganze Zeit seine Zelle mit einem Serientäter, der wohl sein ganzes Leben nur von Einbrüchen gelebt hat. Zurzeit sitzt dieser Mann schon wieder ein. Hauser soll ein unauffälliger Gefangener gewesen sein, der sich viel in der Gefängnisbibliothek aufhielt, sich ausgiebig mit Astrologie und Esoterik beschäftigte. Selbst seinen Mitgefangenen hat er Horoskope erstellt. Streit hat es deswegen nie gegeben.«

»Was wissen wir also?«, resümierte Kretzer. »Die Kunden des Ermordeten stammten meistens aus gehobenen Schichten. Bitte überprüft seinen finanziellen Hintergrund. Und was ist mit Computer- und Handy-Daten?«

»Nach unseren Ermittlungen verfügte der Tote weder über einen Computer noch über ein Mobiltelefon. Er hatte nur einen

Festnetzanschluss. Die Verbindungen kann ich erst morgen überprüfen«, antwortete Kim Kaiser.

»Ich gehe in die Gerichtsmedizin«, verkündete der Hauptkommissar resigniert.

Dort erfuhr er, dass Manfred Hauser kerngesund gewesen war. Mit einer hohen, aber nicht lebensbedrohlichen Dosis K.-o.-Tropfen war er außer Gefecht gesetzt worden. Diese muss er mit einem Getränk zu sich genommen haben. Anschließend schnitt ihm der Mörder die Zunge heraus, woraufhin der Mann an seinem eigenen Blut erstickte. Da seine sämtlichen Reflexe und Muskelreaktionen gelähmt waren, konnte er nichts dagegen tun. Vermutlich war er sowieso bewusstlos.

Abends in seiner Wohnung dachte Hauptkommissar Kretzer in Ruhe über den Fall nach. Die Art der Tat ließ darauf schließen, dass der Mörder dem Wahrsager für immer die Stimme nehmen wollte. Nie wieder sollte er durch Worte das Leben anderer beeinflussen. Damit kamen nur Menschen infrage, die bereits einmal die Dienste von Apollonius in Anspruch genommen hatten und die durch dessen zweideutige Wahrsagungen ins Unglück gestürzt worden waren. In dieser Hinsicht kam natürlich Lilly Franzen infrage, aber die Frau machte eher den Eindruck einer Sinnsuchenden als einer Mörderin. Doch außer dem Sparkassen-Direktor, für den Apollonius ein Genie gewesen war, kannten sie keine weiteren Kunden namentlich. War der Wahrsager nun ausgesprochen diskret gewesen oder hatte er etwas zu verbergen? Wem mochte er so sehr geschadet haben, dass dieser zum Mörder wurde? Oder suchten sie gar eine Mörderin?

Irgendwie hatte der Hauptkommissar das Gefühl, dass der Schlüssel für die Lösung des Falls bei Lilly Franzen zu finden war. Also rief er die Frau an und bat, sie am nächsten Tag zu Hause besuchen zu dürfen.

»Halten Sie mich wirklich für eine Mörderin?«, wimmerte die Frau ins Telefon.

»Nein«, antwortete Kretzer ehrlich. »Doch wir brauchen Ihre Hilfe.«

Etwas beruhigt antwortete Lilly Franzen:

»Gut, aber bitte kommen Sie erst nachmittags vorbei, denn vormittags habe ich einen Zahnarzttermin.«

Während seine Mitarbeiter am nächsten Tag Telefondaten überprüften und sich mit einem Beschluss auf den Weg zur Bank des Ermordeten machten, schaute sich der Hauptkommissar nun doch die Zettelsammlung von Apollonius an. Nichts als doppeldeutige Sinnsprüche oder skizzierte Sternkonstellationen fanden sich darin. Und stets waren diese nur durch kleine Initialen rechts unten in der Ecke zuzuordnen. An diese langweilige Arbeit machte sich Kretzer. Er las Sprüche wie »Das Glück schließt die Tür, wenn Gier erscheint«, »Das Leben erfordert Mut und Bekenntnis«, »Verlasse das Spiel und gebe deine Kraft dem wahren Leben«, »Vertrauen in die Liebe lässt Musik erklingen und fordert zum ungezwungenen Tanz auf« und »Lerne den Schein von der Wirklichkeit zu trennen«. Den Hauptkommissar langweilten diese platten Weisheiten und er konnte sich kaum vorstellen, dass irgendjemand sich davon beeindrucken ließ. Schließlich warf er die ganzen Zettel wieder in den Pappkarton.

Kim Kaiser betrat das Büro.

»Guten Morgen, Chef«, begrüßte sie den Hauptkommissar. »Ich komme gerade von der Bank. Dieser Apollonius hat durch seine Wahrsagerei einen Haufen Kohle gescheffelt. Dabei konnte er so viel beiseitelegen, dass er sogar das Haus kaufen wollte, in dem er wohnte. Seine Kunden zahlten meistens bar, aber fast täglich brachte er mehrere hundert Euro zur örtlichen

Sparkasse. Er wurde sogar von dem Direktor, Gerhard Bruger, persönlich betreut. Unfassbar, was man durch Wahrsagerei verdienen kann.«

»Ich schließe daraus, dass Manfred Hauser echtes Talent gehabt haben muss«, bemerkte Kretzer.

»Hast du dir diese Zettel mal angesehen?«, fragte Kim. »Das sind doch alles Binsenweisheiten.«

»Da gebe ich dir recht. Und wer erbt nun das viele Geld des Toten?«

»Das muss ich noch recherchieren. Laut Spurensicherung war in der Wohnung kein Testament. Also werde ich nach Angehörigen suchen müssen. Aber mal ehrlich. Wenn jemand hinter dem Geld von Hauser her war, kann er ihn doch einfach nur umbringen und muss sich keine so ekelige Methode aussuchen.«

Der Hauptkommissar nickte nachdenklich.

»Eher ist der Täter wohl unter den Kunden des Ermordeten zu suchen. Doch dieser Apollonius schien das mit der Diskretion sehr ernst genommen zu haben. Wir haben ja keine Ahnung, wer alles zu seinen Kunden zählte. Vielleicht hat ja die KTU wenigstens einen Fingerabdruck gefunden, den wir zuordnen können.«

»Da muss ich dich enttäuschen«, sagte Kim Kaiser. »Ich traf auf dem Flur gerade einen Kollegen, der sich beschwerte, wie schwierig es war, überhaupt Fingerabdrücke in dieser sorgfältig geputzten Wohnung zu finden. Aber das Wenige führte zu keinen Ergebnissen in der Datenbank, außer natürlich die Abdrücke von Manfred Hauser. Doch dass dieser polizeibekannt war, wissen wir ja bereits.«

Nun erschien auch Juan Montez und schaute nicht so aus, als hätte er gute Nachrichten.

»Der Tote schien überhaupt nichts von dem modernen Kommunikationszeitalter gehalten zu haben. Kein Handy, kein Internetauftritt und selbst das Festnetztelefon benutzte er kaum. Lilly Franzen rief ihn diverse Male an, was jedoch von dem Toten ignoriert wurde. Nur mit dem Sparkassendirektor führte er drei Telefonate, die aber auch nur wenige Minuten dauerten. Terminabsprachen mit seinen Kunden scheint er nur mündlich getroffen zu haben. Irgendwie mysteriös. Irgendwo muss er doch Kontakt zu neuen Kunden aufgebaut haben. Ich werde mich mal in der Gastronomie in der Gegend umhören. Vielleicht finde ich dort einen Treffpunkt.«

»Das ist eine sehr gute Idee, Juan«, lobte Kretzer. »Nun lasst uns erst mal Mittag machen.«

Lilly Franzen bewohnte eine kleine Wohnung in einem Mehrfamilienhaus, die nicht davon zeugte, dass ihr die Trennung von ihrem Mann großen Wohlstand beschert hatte. Sichtlich unbehaglich öffnete sie dem Hauptkommissar die Tür und geleitete ihn ins Wohnzimmer. Dort standen bereits Kaffee und Kekse bereit. Die Frau zündete sich eine Zigarette an und entschuldigte sich.

»Ich habe seit der Trennung von meinem Mann wieder mit dem Rauchen angefangen. Aber ich könnte niemals einen Menschen ermorden.«

»Das glaube ich Ihnen«, tröstete Kretzer. »Ich hege nur die Hoffnung, dass Sie uns bei der Aufklärung des Mordfalles helfen können. Wissen Sie irgendetwas über die anderen Kunden von Apollonius?«

»Nein. Er war unheimlich diskret, was ich ja auch begrüßte. Was sollen denn die Leute von einem denken, wenn man einen Wahrsager aufsucht? Aber natürlich habe ich auch nicht nachgeforscht, wer bei ihm sonst ein und aus ging.«

»Wie kamen Sie zum ersten Mal in Kontakt mit ihm?«

»Meine Bekannte machte einen Termin für mich. Sie war ja vollkommen überzeugt von Apollonius' Fähigkeiten, auch wenn sie ihn nur noch sehr selten aufsuchte, seit sie so glücklich mit ihrem Mann war.«

»Sie kennen also niemanden, der außer Ihrer Bekannten die Dienste des Wahrsagers in Anspruch nahm?«

»Nein«, antwortete Lilly Franzen, doch dann stutze sie.

Mit einem Lächeln auf den Lippen erzählte sie:

»Als ich wegen meiner Depressionen in der psychiatrischen Klinik war, lernte ich Basti kennen. Ein sympathischer junger Mann.«

»Wissen Sie, wie der Mann mit vollem Namen heißt?«, wollte Kretzer wissen.

»Nein, in der Klinik redeten wir uns alle mit Vornamen an, die wir, wenn wir es wollten, sogar erfinden durften.«

»Bitte fahren Sie fort«, sagte der Hauptkommissar ungeduldig. Seine Erfahrung lehrte ihn jedoch, dass er die Leute ohne Druck sprechen lassen musste, damit sie ungezwungen ihre Informationen preisgaben.

»Wir trafen uns täglich in der Kantine und aßen Kuchen zusammen. Schließlich hatte ich so viel Vertrauen zu Basti, dass ich ihm meine ganze Geschichte erzählte. Er hörte interessiert zu und nahm schließlich meine Hand. Dann sagte er:

›Es ist furchtbar, dass ein einziger Satz von diesem Wahrsager dein ganzes Leben verändert hat. Dich trifft keine Schuld. Dieser Apollonius lässt seine Opfer gnadenlos in ihr Unglück rennen.‹

›Danke für dein Mitgefühl‹, erwiderte ich. ›Aber woher weißt du das?‹

Basti beugte sich über den Tisch, um mir näher zu sein, und flüsterte verschwörerisch:

›Auch ich war sein Kunde.‹

›Tatsächlich. Und was hat dich zu einem Wahrsager getrieben?‹, fragte ich neugierig.

›Genau wie bei dir erzählte mir eine Bekannte von dessen

Fähigkeiten. Ich brauchte unbedingt Geld, um in meine Firma zu investieren. Also dachte ich, Apollonius kann mir vielleicht helfen.‹

Während der ganzen Zeit zappelte Basti unruhig auf seinem Stuhl herum. Dann erklärte er:

›Auch mich betörte er mit einem Spruch, der etwas mit Zahlen und Glück zu tun hatte. Das konnte doch nur bedeuten, dass ich im Spielkasino mein Geld vermehren sollte. Und du wirst es nicht glauben, aber beim Roulette gewann ich tatsächlich ohne Unterlass. Das ging über Tage gut und ich war richtig euphorisch. Also spielte ich immer weiter, aber meine Glückssträhne hielt nicht an. Das Geld floss nur so durch meine Hände, bis ich beinahe pleite war. Wieder suchte ich Apollonius auf und er bedachte mich erneut mit einem Spruch, der mich wohl bewegen sollte, mit dem Spielen aufzuhören. Aber ich musste doch mindestens das Geld zurückgewinnen, das ich mir von Freunden geliehen hatte. Außerdem wollte ich noch immer in meine Firma investieren. Das Glück konnte mich doch nicht verlassen haben.‹

Bei diesem Satz zeigte sich deutliche Verzweiflung in Bastis Gesicht. Ich hatte Mitleid mit ihm und drückte zart seine Hand, die immer noch die meine hielt. Weinerlich fuhr der Mann fort:

›Nun bin ich spielsüchtig, habe mich verschuldet und sogar meine Eltern bestohlen. Meine Firma musste ich verkaufen, meine Freundin verließ mich und meine Freunde hassen mich, weil ich ihnen ihr Geld nicht zurückzahlen kann.‹

Nun streichelte ich Bastis Hand. Schließlich fragte ich mitfühlend:

›Kannst du hier im Hospital von deiner Sucht geheilt werden?‹

Basti sah mich voller Hoffnung an und meinte:

›Mein Psychologe sagt, ich sei auf einem guten Weg. Ich

muss es einfach schaffen. Doch Schuld an meiner Krankheit ist dieser Apollonius‹, fügte er erbittert hinzu.«

Ruhig hatte der Hauptkommissar dem Bericht von Lilly Franzen gelauscht. Das Schicksal dieses Basti bewegte die Zeugin ernsthaft. Vermutlich hatte sie in dem jungen Mann einen Seelenverwandten gesehen und sich vielleicht sogar eine gemeinsame Zukunft vorgestellt.

Vorsichtig bohrte Kretzer weiter.

»Haben sie sich mit Basti dann noch öfter getroffen?«

»Ja, aber dann wurde ich entlassen. Danach musste ich mich erst mal um mein eigenes Leben kümmern. Das war schwer genug.«

»Und den richtigen Namen von Basti haben Sie nie erfahren?«

»Nein, außerdem wollte ich die Zeit in der Klinik auch so schnell wie möglich vergessen.«

»Sie haben den Mann also nie wiedergesehen.«

»Doch«, lächelte Lilly Franzen. »Und er scheint es geschafft zu haben. Wir trafen uns zufällig in der Innenstadt. Fröhlich erzählte er, dass er einen Job in einer Gebäudereinigungsfirma gefunden habe. Und dort lernte er seine neue Lebensgefährtin kennen. Diese erschien auch sogleich. Die Frau war höchstens Anfang 20 und wohl keine Deutsche. Sie machte auf mich einen schüchternen Eindruck. Ein hübsches Ding, das gut zu Basti passte.«

»Haben sie beide dann wenigstens Telefonnummern oder Adressen ausgetauscht?«

»Ich glaube, wir wollten beide die Erinnerung an schlechte Zeiten hinter uns lassen. Also ging jeder seiner Wege.«

Hauptkommissar Kretzer zweifelte daran, dass ihm die Informationen der Frau weiterhelfen würden. Er bedankte sich artig für Kaffee und Kuchen und verabschiedete sich.

Im Auto dachte er über das Erfahrene nach. Der Ermordete hatte offensichtlich einige Menschen ins Unglück gestürzt. Jeder von ihnen hatte also ein Motiv. Zwei davon waren nun bekannt, auch wenn der Name Basti eine reine Erfindung sein konnte. Plötzlich streifte seine Überlegungen der Gedanke, dass dieser Unbekannte für eine Gebäudereinigungsfirma arbeitete. War es nicht in der Wohnung von Apollonius auffällig sauber gewesen?

Kretzer musste die psychiatrische Klinik aufsuchen. Vielleicht wusste dort jemand, wer sich hinter dem Namen Basti verbarg. Doch die Ärzte und das Personal würden sich auf ihre Schweigepflicht berufen. Bevor er die Staatsanwaltschaft um Unterstützung bat, konnte er Juan Montez bitten, in der Klinik vorbeizuschauen. Er war geradezu ein Meister darin, Krankenschwestern Geheimnisse zu entlocken.

Schon am nächsten Vormittag verkündete Kommissar Montez strahlend im Büro:

»Ihr werdet nicht glauben, wer sich hinter dem Namen Basti verbirgt. Der Mann hat einfach seinen Kosenamen aus Kindertagen verwandt. Sein voller Name ist Sebastian Mühlheim.«

»Der Sebastian Mühlheim aus dem ehemaligen Café ganz in der Nähe des Fundorts der Leiche?«, fragte Kim Kaiser ungläubig.

»Genau der. Die Schwester, mit der ich plauderte, kannte das Café auch. Und sie hat mir ebenfalls erzählt, dass der Psychologe von Sebastian Mühlheim ihm den Job bei der Gebäudereinigungsfirma besorgt hat, denn diese arbeitet auch für die Klinik.«

Der Hauptkommissar strich sich nachdenklich über das Kinn.

»In Krankenhäusern findet man doch auch Medikamente, die wir K.-o.-Tropfen nennen.«

»Das hört sich nach einem vielversprechenden Verdächtigen an«, bemerkte Kim Kaiser.

»Ja«, stimmte Kretzer zu. »Aber warum sollte ein Mann, der sein Leben offensichtlich mit Job und Freundin wieder in den Griff bekommen hat, so grausam eine alte Rechnung begleichen? Es wäre doch viel logischer gewesen, er hätte den Wahrsager umgebracht, als durch dessen Weissagungen sein Leben vollkommen aus den Fugen geriet. Warum wartete er mit seiner mörderischen Tat?«

»Vermutlich hat die Spielsucht ihn umnebelt und seine Handlungsfähigkeit erheblich eingeschränkt«, erklärte Kim.

»Und dann schlägt er zu, wenn sein Leben gerade wieder in Ordnung ist. Nein, der Mann ist entweder unschuldig oder es gab einen neuen Auslöser für die Tat.«

»Ich denke, wir sollten uns Sebastian Mühlheim mal ansehen«, schlug die Kommissarin vor. »Juan, du Genie, hast du auch rausgefunden, für welche Gebäudereinigungsfirma der Mann arbeitet?«

»Natürlich, du Zaubermaus, und durch einen Anruf erfuhr ich, dass Sebastian und seine Freundin Leila gerade Urlaub haben.«

»Sind sie verreist?«

»Das wusste die Mitarbeiterin nicht«, antwortete Juan. »Aber ich denke, dafür fehlt den beiden momentan das Geld. Immerhin habe ich auch die Adresse des Mannes herausgefunden. Er wohnt nun, da seine Mutter gestorben ist und der Vater in einem Heim lebt, in seinem Elternhaus. Lasst uns auf gut Glück dort mal hinfahren.«

»Das werde ich tun«, stimmte der Hauptkommissar zu. »Aber ich nehme Kim mit. In dem Gespräch ist ihre weibliche Intuition gefragt. Immerhin haben wir ja nichts Konkretes gegen Sebastian Mühlheim in der Hand. Tu du mir bitte den Gefallen und setze dich auf die Spur von dessen Freundin Leila.«

Juan Montez grummelte unzufrieden, fügte sich aber.

Richard Kretzer und seine Begleiterin hielten vor einem heruntergekommenen Einfamilienhaus, in dessen Garten die Pflanzen wild wucherten. Offensichtlich fehlte schon länger das Geld für notwendige Instandsetzungen des Gebäudes und niemand kümmerte sich um den Garten.

Als die Ermittler klingelten, öffnete erst nach geraumer Zeit ein verschlafener Sebastian Mühlheim im Bademantel die Tür. Er war sichtlich erstaunt über den Besuch fremder Menschen. Die beiden Kriminalbeamten stellten sich vor und baten um ein Gespräch.

»Was habe ich denn mit der Kriminalpolizei zu tun?«

»Wir haben erfahren, dass Sie Manfred Hauser, auch bekannt als Apollonius, kannten.«

Sebastian Mühlheim verzog das Gesicht.

»Diesen Mann habe ich lange nicht gesehen und will auch nichts mehr von ihm wissen.«

»Sicher haben Sie aus der Zeitung erfahren, dass der Wahrsager ermordet wurde«, fuhr der Hauptkommissar fort. »Nun sprechen wir mit all seinen Kunden.«

»Das war ein verantwortungsloses Schlitzohr und wer immer ihn zum Schweigen gebracht hat, beging eine gute Tat.«

»Dürfen wir Sie trotzdem kurz befragen?«, säuselte Kim Kaiser. »Wir wissen schon, dass Apollonius kein ehrbarer Mensch gewesen war.«

Unwillig bedeutete Sebastian Mühlheim den Besuchern, ins Wohnzimmer zu treten.

»Darf ich mich erst anziehen?«, fragte der Gastgeber.

»Selbstverständlich«, erlaubte es der Hauptkommissar und beobachtete, wie der Mann die Holztreppe nach oben hinaufging.

Das Wohnzimmer wirkte so ungepflegt wie das ganze Anwesen. Doch der Mangel an Staub auf den Möbeln ließ die Vermutung zu, dass dort noch kürzlich jemand gewischt hatte. Auch die Fenster waren geputzt. Aber auf Tellern auf dem Tisch gammelten Essensreste. Tassen mit Pfützen von Kaffee standen herum. Zeitschriften lagen auf dem Fußboden.

Kim Kaiser schaute sich sorgfältig um. Die Möbel stammten sicher noch von den Eltern. Nur der recht große Fernseher war neu. Sie entdeckte einige Frauenzeitschriften neueren Datums. Vermutlich gehörten sie der Freundin von Sebastian Mühlheim. Kim nahm sich eine von ihnen und hatte so einen Ansatz, um mit dem nun in Jeans und T-Shirt gekleideten Rückkehrer ein Gespräch zu beginnen.

»Schläft Ihre Lebensgefährtin noch?«

»Nein, sie besucht ihre Großeltern in der Türkei.«

»Wollten Sie sie nicht begleiten?«, fragte Kim und studierte dabei genau die Gesichtszüge des Mannes.

»Nein, ich verstehe ja kein Türkisch.«

Der Kommissarin entging nicht die Nervosität von Sebastian Mühlheim. Er selbst bemerkte wohl auch, wie unruhig er wirkte und erklärte:

»Ich muss meine Tabletten nehmen.«

Aus einer Schublade holte er ein Röhrchen, entnahm eine Tablette und schluckte sie ohne Getränk runter.

»Darf ich mal sehen?«, fragte der Hauptkommissar höflich.

Mit leicht bebenden Händen erfüllte der Mann die Bitte. Kretzer erkannte sofort, dass es sich um ein Psychopharmakon handelte.

»Das wurde mir in der Klinik verschrieben. Es hält mich davon ab, spielen zu gehen, wenn der innere Druck zu stark wird. Doch eigentlich brauche ich es gar nicht mehr. Mein Arzt aber meinte, ich solle es weiter nehmen. Und es beruhigt so herrlich.«

Zufrieden mit der Erklärung sagte Richard Kretzer:

»Nun möchte ich zu dem eigentlichen Grund unseres Besuchs kommen. Apollonius. Sie waren also sein Kunde.«

»Das ist lange her und ich möchte nicht daran erinnert werden. Dieser Mann hat mich in die Sucht getrieben, bis ich alles verloren hatte. Er war eine Gefahr für alle Menschen.«

Seine Wut war dem Befragten deutlich anzusehen.

»Dann haben Sie Apollonius' Dienste als Wahrsager oder Astrologe nicht mehr in Anspruch genommen.«

»Nein, er war ein skrupelloser Gauner.«

»Sie haben ihn also in der letzten Zeit weder aufgesucht noch wiedergesehen?«

»Richtig.«

»Dann möchten wir uns jetzt verabschieden«, wand sich der Hauptkommissar zum Gehen.

»Bitte entschuldigen Sie«, mischte sich Kim Kaiser ein. »Aber darf ich noch mal kurz ihre Toilette benutzen?«

Unwillig antwortete der Mann:

»Das Bad ist oben.«

Mit einem dankbaren Lächeln verschwand die Kommissarin. Über die Treppe im ersten Stock angekommen, blickte sie kurz in das unordentliche Schlafzimmer mit dem Doppelbett. Dann entdeckte sie ein weiteres Zimmer, das sehr sauber und ordentlich durch helle Farben, allerlei Tand und wenige Kleidungsstücke auf eine Bewohnerin hinwies. Sie hätte es gern näher untersucht, wusste aber, dass sie keine Berechtigung dazu hatte. Die beiden Zahnbürsten und Handtücher im Bad deuteten ebenfalls auf die Nutzung durch eine zweite Person hin. Hastig stöberte Kim in dem Badezimmerschrank. Dort fand sie eine angebrochene Schachtel mit Antibabypillen, aber sonst nichts Ungewöhnliches. Schnell betätigte sie die Toilettenspülung und kehrte ins Wohnzimmer zurück.

Wieder im Auto fragte der Hauptkommissar:

»Was hast du für einen Eindruck, Kim? Könnte das unser Mörder sein?«

»Ich weiß es nicht. Seine Nervosität könnte tatsächlich mit seiner Sucht zusammenhängen. Zwar war er nicht gut auf Apollonius zu sprechen, aber das begründet noch keinen Mord. Doch mich wundert es, dass seine Lebensgefährtin, die ja in die Türkei gefahren sein soll, ihre Antibabypille vergessen hat.«

»Wenn ihr Lebensgefährte nicht an ihrer Seite ist, braucht sie diese wohl nicht«, erklärte Kretzer.

»Aber diese Behandlung mit Hormonen einfach abzubrechen, bringt den ganzen weiblichen Zyklus durcheinander.«

»Vielleicht will diese Leila vor ihren Großeltern verheimlichen, dass sie mit einem Mann schläft.«

»Irgendwie traue ich Sebastian Mühlheim nicht, doch ich kann nicht sagen, warum. Einerseits fand ich, von ihm ging etwas Bedrohliches aus, und andererseits machte er einen hilflosen Eindruck. An einigen Plätzen herrschten Unordnung und Dreck, aber dieser Zustand konnte noch nicht lange währen. Vor gar nicht so langer Zeit war in dem Haus noch sorgfältig sauber gemacht worden. Außerdem arbeitet der Mann doch in einer Reinigungsfirma. Wieso vernachlässigt er seinen eigenen Haushalt so sehr?«

»Vermutlich hat er keine Lust, sich auch noch im Urlaub mit Saubermachen zu beschäftigen. Aber ich bin froh, dass du mich begleitet hast, Kim, denn mir wäre dieser Widerspruch gar nicht aufgefallen. Doch wenn Sebastian Mühlheim seine Sucht überwunden, einen Job und eine Lebensgefährtin gefunden hat, warum soll er sein wieder geordnetes Leben durch einen Mord zerstören?«

»Das verstehe ich auch nicht. Entweder sind wir mal wieder auf der falschen Spur oder wir haben von etwas Bedeutendem noch keine Kenntnis.«

Als beide im Büro ankamen, erschien sogleich auch Juan Montez mit einem selbstzufriedenen Grinsen im Gesicht.

»Ich habe nicht nur über die Gebäudereinigungsfirma den Namen der Lebensgefährtin von Sebastian Mühlheim herausgefunden, sondern auch die Eltern dieser Leila aufgesucht.«

»Was sollte das denn?«, fragte Kim kopfschüttelnd.

Sie wusste, dass ihr Kollege lieber gemütlich in einem Wohnzimmer saß, Kaffee trank und Leute befragte, als sich um lästige Routinearbeiten zu kümmern.

»Tüchtig, tüchtig«, lobte der Hauptkommissar seinen Mitarbeiter. »Und was hast du herausgefunden?«

»Nichts Außergewöhnliches. Die Frau heißt doch tatsächlich Leila Schulz. Ihr Vater stammt zwar aus der Türkei, hat aber bei der Hochzeit mit Simone Schulz deren Namen angenommen.«

»Das ist ungewöhnlich für einen Türken. Die meisten sind doch Machos«, bemerkte Kim.

»Verschone mich mit deinen Vorurteilen«, antwortete Juan ungehalten über die Bemerkungen der Kommissarin. »Den Mann habe ich auch nur kurz gesehen, denn er musste sich um seine Geschäfte kümmern. Er betreibt eine Gartenbau-Firma. Aber die Frau war sehr redselig.«

»Und sie hat dich sicher zu einem Kaffee eingeladen«, kommentierte Kim.

»Richtig, du Schlauberger. Darf ich nun weiter berichten?«

»Manchmal seid ihr echt wie die Kinder«, sagte Kretzer. »Was hast du nun von der Frau erfahren, Juan?«

»Also, Frau Simone Schulz erzählte, dass ihr Mann von Anfang an ganz und gar Deutscher werden wollte. Mit Anfang 20 war er allein aus der Türkei gekommen, um hier ein neues Leben zu beginnen. Seine Familie lebte auf dem Land in recht armseligen Verhältnissen. Anfangs schickte er ihnen noch Geld, aber als er den Eltern mitteilte, er wolle eine Deutsche heiraten, waren sie sehr wütend. Sie verweigerten jedes Verständnis und beorderten ihn zurück in die Türkei. Daraufhin brach Herr Schulz ohne Bedauern, wie seine Frau sagte, mit seiner ganzen türkischen Sippschaft.«

Der Hauptkommissar und Kim sahen sich erstaunt an.

»Aber die Wogen haben sich zwischenzeitlich geglättet«, sagte Kretzer mit leichter Unruhe in der Stimme.

»Durchaus nicht. Frau Schulz meinte, es gäbe keinen Kontakt mehr zwischen den Familien.«

»Hast du auch nach der Tochter Leila gefragt?«, wollte Kim Kaiser nun ebenfalls verunsichert wissen.

»Natürlich. Sie lebt mit Sebastian Mühlheim zusammen und hat einen guten Job. Gerade machen die beiden gemeinsam Urlaub.«

Kretzer und seine Kollegin schauten sich nachdenklich an.

»Hat Frau Schulz sonst noch etwas gesagt?«, fragte Kretzer beinahe nervös.

»Nur dass ihre Tochter in letzter Zeit oft geradezu beseelt abwesend war. Sie muss sehr verliebt in Sebastian Mühlheim gewesen sein, obwohl sie sich ja schon länger kennen. Leila war geradezu euphorisch. Bestimmt würden die beiden bald heiraten.«

»Leila Schulz ist nicht in der Türkei!«, schrie Kim Kaiser von einer bösen Ahnung erfüllt.

»Dann hat uns Sebastian Mühlheim belogen«, stellte der Hauptkommissar mit eisiger Stimme fest. »Ich werde ihn sofort nochmals aufsuchen.«

»Du gehst nicht allein!«, forderte Kim Kaiser nachdrücklich.

»Was ist denn plötzlich mit euch los?«, fragte Juan verständnislos.

»Frag nicht, sondern lass uns aufbrechen«, befahl die Kommissarin und griff nach ihrer Jacke.

Zu dritt klingelten sie an der Haustür von Sebastian Mühlheim. Diesmal wurde sogleich geöffnet. Der Hausherr zeigte kein Erstaunen über den Besuch.

»Wo ist Leila Schulz?«, fragte Kim Kaiser ohne Umschweife.

»Im Keller«, war die emotionslose Antwort.

»Ist sie tot?«

»Ja«, antwortete Sebastian Mühlheim, drehte sich um und schritt Richtung Wohnzimmer.

Während Kim und Juan sofort in den Keller stürmten, folgte der Hauptkommissar dem Mann. Dort stand eine gepackte Reisetasche.

»Wollen Sie verreisen?«, begann Kretzer das Gespräch.

»Ich dachte erst daran abzuhauen, aber ich bin restlos pleite. Also habe ich Sie erwartet.«

Nachdem sie die Leiche gefunden hatten, alarmierten die Kommissare ihre Kollegen. Bald wurde Sebastian Mühlheim widerstandslos abgeführt.

Im Verhörzimmer trafen sich der Hauptkommissar und der Verdächtige wieder. Die ruhige Gelassenheit, mit der Sebastian Mühlheim auf seinem Stuhl hockte, erstaunte Kretzer. Also fragte er:

»Haben Sie Ihre Tabletten genommen?«

»Nein, die brauche ich nicht mehr. Ich habe den Fluch besiegt. Wissen Sie eigentlich, dass ich Sie von früher kenne? Sie haben oft bei meinen Eltern im Café Kuchen gegessen, als ich noch ein kleiner Junge war.«

»Ja, jetzt erinnere ich mich«, bestätigte Richard Kretzer.

»Sie waren immer so nett und freundlich. Manchmal durfte ich sogar von Ihrem Kuchen kosten.«

Bei diesem Gedanken lächelte der Verdächtige.

»Wollen Sie mir jetzt erzählen, was geschehen ist?«, bat der Hauptkommissar mit verständnisvoller Stimme.

116

»Ja«, antwortete Sebastian Mühlheim und schaute dabei ungläubig versonnen drein. »Ich kam von meiner letzten Schicht vor unserem Urlaub nach Hause und bemerkte gleich, dass Leila irgendwie anders war. Schon als ich sie zur Begrüßung umarmen wollte, wich sie aus. Also fragte ich, was denn mit ihr los sei. Sie lächelte mich entrückt an und antwortete, sie würde mich verlassen. Ich war vollkommen überrascht und fassungslos. Ohne das geringste Bedauern ergänzte Leila, dass sie einen anderen Mann liebe.«

Der Verdächtige hielt inne, so als versuche er zu begreifen, was er gesagt hatte.

»Langsam wurde ich wütend und fragte, wer dieser Schuft sei und wo sie ihn kennengelernt habe. So erfuhr ich, dass es eine zufällige Bekanntschaft gewesen war, Leila mit dem Mann ins Gespräch kam und er sie zu einer Tasse Kaffee in seine Wohnung einlud. Gerade als ich sie anherrschen wollte, was sie sich dabei gedacht habe, einem Fremden in seine Behausung zu folgen, begann sie zu schwärmen. Dieser Mann habe so eine machtvolle Ausstrahlung, wäre von göttlicher Sanftheit und magischer Kraft. Ich packte Leila an den Schultern und begann sie zu schütteln. Doch sie zeigte keine Reaktion, sondern lächelte nur beseelt weiter. Als ich sie losließ, sprach sie voller Hingabe, dass sie dem Mann auf ewig dienen wolle. ›Wie ist sein Name?‹, schrie ich sie an. Ohne Scheu antwortete sie, Apollonius.«

Die Qual, diesen Namen auszusprechen, war dem Befragten deutlich anzumerken. Der Hauptkommissar stöhnte innerlich auf.

»Herr Kretzer, können Sie sich vorstellen, welcher Orkan in mir zu toben begann? Dieser Wahrsager hatte mein Leben schon einmal zerstört, mich beinahe in den finanziellen Ruin getrieben und nun wollte er mir auch noch das Letzte nehmen, meine geliebte Leila. Ich schrie sie an, dass dieser Mann ein

Schurke sei, ein Teufel, aber sie hörte gar nicht zu. Ich wollte Leila vor der Verdammnis retten. Wenn ich sie im Keller einsperrte, würde sie ihren Irrtum bald erkennen. Also schleifte ich sie an ihren Haaren die Kellertreppe hinunter. Sie wehrte sich nicht, sondern lächelte bloß. In dem Raum unten angekommen, verkündete sie selbstbewusst, es hätte keinen Zweck, sie einzusperren, denn Apollonius sei mächtig und würde sie überall finden. Schließlich wäre sie der gute Geist in seiner Wohnung, die mit Reinlichkeit alles Böse von dort vertreibe. Herr Kretzer, können Sie begreifen, warum Leila die Putzfrau von Apollonius sein wollte? Als sie mit vollkommen entrückten Gesichtszügen wieder begann, von dessen magischen Kräften zu schwärmen, drückte ich ihre Kehle zu. Ich wollte nichts mehr hören von diesem Monster, das die Menschen ins Unglück stürzte. Dann herrschte endlich Stille. Schlaff hing der Körper von Leila, deren Hals ich noch immer mit meinen Händen umschlossen hielt. Nun hatte Apollonius mich zum Mörder gemacht.«

In diese Erinnerung versunken, schwieg Sebastian Mühlheim. Sein Blick ging ins Leere, bis er plötzlich schrie:

»Er hat mir einen Fluch auferlegt! Apollonius wollte nicht dulden, dass ich mich von ihm befreie und mit Leila glücklich werde. Er suchte mich in meinen Träumen heim und lockte mich mit Erfolgen am Spieltisch. Seine Stimme verfolgte mich.«

Ein Zittern ließ den Mann erbeben. Seine Augen wanderten wirr umher.

Der Hauptkommissar hatte nun ein Geständnis, was den Mord an Leila anging. Vielleicht würde sich auch der Mord an dem Wahrsager aufklären. Doch zuerst musste er Sebastian Mühlheim wieder in die Gegenwart zurückholen.

»Und was geschah dann?«

»Ich war wie in Trance, doch wusste ich, dass ich nun meinen Weg zur Rettung der Menschen weitergehen musste. Als ich

Leila zu Boden gleiten ließ, hörte ich ein Klimpern in ihrer Jackentasche. Dort fand ich den Generalschlüssel für das Krankenhaus, in dem sie putzte. Das sah ich als himmlisches Zeichen, denn dort würde ich Medikamente finden, mit denen ich Apollonius unschädlich machen konnte. So bewaffnet machte ich mich auf den Weg zu ihm. Wenn dieser Mann tatsächlich in die Zukunft sehen konnte, würde er mir erst gar nicht die Tür öffnen. Vielleicht hoffte ich das sogar. Doch obwohl er überraschenden Besuch hasste, öffnete er mir gleich die Tür und bat mich hinein. Vollkommen arglos und in selbstherrlicher Manier geleitete Apollonius mich in den Raum, in dem einst mein Unglück begann. Alles war penibel sauber. Das konnte nur Leilas Werk sein. Sie liebte es zu putzen. Die Vorstellung, mein geliebtes Mädchen hatte für diesen Scharlatan als Dienstmagd gearbeitet und sich ihm vielleicht sogar willig hingegeben, zerriss mein Herz.«

Sebastians Miene zeigte wahre Verzweiflung.

»Und wieder gab der Himmel mir ein Zeichen. Apollonius stellte zwei Gläser auf den Tisch und schenkte aus einer Flasche selbst zusammengebrauten Saft ein. Als er dann die Flasche wieder hinausbrachte, schüttete ich schnell das Betäubungsmittel in sein Glas. Als er zurückkam, trank er gleich einen großen Schluck und schien nichts Außergewöhnliches zu schmecken. Dann fragte er mich ohne das geringste Misstrauen, wie es mir gehe. Also erzählte ich von meinem neuen Job und dass ich eine Frau gefunden hatte, mit der ich nun mein Leben teilte. Apollonius grinste nur und sprach dann salbungsvoll von der Heilkraft der Liebe. Warum wusste dieser ach so geniale Wahrsager nicht, dass er auch meine Leila ins Unglück gestürzt hatte?«

Wie um Zustimmung haschend sah Sebastian Mühlheim Kretzer an, der aber eine undurchdringliche Miene zeigte.

»Apollonius war nichts weiter als ein hinterhältiger Verbrecher, der mit dem Leben anderer spielte.«

»Gut«, sagte der Hauptkommissar. »Und was geschah weiter?«

»Apollonius sackte zusammen und fiel auf den Boden. Ich dachte, die Dosis war hoch genug, damit er daran starb und die Welt von diesem Monster befreit war. Also machte ich mich an die Arbeit, alle Spuren von mir zu vernichten. Während ich auch die beiden Gläser sehr sorgfältig in der Küche reinigte, hörte ich plötzlich die Stimme von Apollonius. ›Ich bin dein Schicksal‹, tönte es zu mir. Da griff ich nach einem scharfen Küchenmesser, rannte ins Besprechungszimmer und drehte Apollonius auf den Rücken. Das Schwein atmete noch. Nie wieder sollten seine Worte das Leben anderer Menschen zerstören. Also schnitt ich einfach seine Zunge heraus.«

Ein wenig erschrocken über diese Offenbarung aus dem Mund des vollkommen gelassenen Verdächtigen fragte Kretzer:

»Was haben Sie mit der Zunge gemacht?«

Schmunzelnd antwortete dieser: »Einfach im Klo runtergespült.«

»Herr Mühlheim, Sie gestehen also den Mord an Manfred Hauser, Ihnen als Apollonius bekannt?«, versuchte der Hauptkommissar wieder eine sachliche Ebene zu erreichen.

»Wieso Mord?! Es war eine gute Tat zum Schutz aller anständigen Menschen.«

Der Befragte schien vollkommen überzeugt von seiner Aussage zu sein. Er wirkte geradezu erleichtert. Mit einem verzückten Lächeln im Gesicht sagte er:

»Eines Tages wird mich die ganze Menschheit für mein mutiges Handeln ehren. Sie werden mich, der den Teufel besiegt hat, anbeten.«

Plötzlich hörte der Hauptkommissar eine tiefe, dunkle Stimme:

»Brudermörder.«

Schon sprang Sebastian Mühlheim wie von Sinnen auf und stürmte zu der Wand, an der ein großer Spiegel hing, hinter dem Kim Kaiser und Juan Montez aus dem Nebenzimmer dem Verhör folgten. Der Mann begann wild um sich zu schlagen. Gerade als der Hauptkommissar den Rasenden beruhigen wollte, rannten zwei Beamte in den Raum und überwältigten den Verdächtigen. Dieser schrie immer wieder »Apollonius, du Teufel!« und war kaum zu bändigen.

»Bringt ihn in die geschlossene Psychiatrie«, ordnete Kretzer an.

Ziemlich erschöpft und schockiert über das gerade Gehörte und Erlebte traf der Hauptkommissar im Büro seine Mitarbeiter.

»Nun haben wir gleich zwei Fälle geklärt«, bemerkte Juan Montez sachlich und wenig beeindruckt. »Ob das Gericht Sebastian Mühlheim allerdings für zurechnungsfähig hält, bleibt abzuwarten.«

»Was war denn plötzlich in den Mann gefahren?«, fragte Kim Kaiser verständnislos.

»Keine Ahnung«, antwortete ihr Chef. »Vermutlich fühlt sich Sebastian Mühlheim von seinem Opfer Apollonius verfolgt. Den Bericht schreiben wir morgen. Ich gehe jetzt nach Hause.«

Kim ahnte, dass das Verhör Kretzer ziemlich mitgenommen hatte, denn schließlich kannte er den Mörder von früher. Fürsorglich reichte sie ihm seinen Mantel und schenkte ihrem Chef ein aufmunterndes Lächeln.

Endlich in der Stille seiner Wohnung sitzend, konnte der Hauptkommissar die Gedanken an Sebastian Mühlheim noch nicht beiseiteschieben. Was war nur aus dem sympathischen kleinen Jungen geworden? Ein psychisches Wrack und ein Doppelmörder. Irgendwie gelang es Kretzer nicht zu verhindern, dass er dem Wahrsager eine Mitschuld an den Entwicklungen gab. Allerdings hatten keine Spuren in dessen unordentlichem Schlafzimmer gezeigt, dass er tatsächlich ein Verhältnis mit Leila gehabt hatte. Und einige Kunden waren ja auch sehr zufrieden mit Apollonius' Ratschlägen gewesen.

Allein mit sich selbst musste Kretzer zugeben, dass er, vermutlich wie auch Sebastian Mühlheim, eine fremde Stimme im Verhörraum gehört hatte. »Brudermörder«. Seinen Mitarbeitern schien diese nicht aufgefallen zu sein. Was hatte das zu bedeuten?

Nun erinnerte er sich, dass die Eheleute Mühlheim einst noch einen zweiten Sohn hatten. Dieser war den plötzlichen Kindstod gestorben. War das Baby damals nicht allein mit seinem Bruder in der Wohnung über dem Café gewesen? Hatte vielleicht Sebastian Mühlheim als Knabe seinen Bruder aus Versehen oder absichtlich getötet? Strafmündig wäre er damals nicht gewesen. Aber es würde sein aufgebrachtes Verhalten erklären, falls er ebenfalls diese Stimme gehört hatte. Dieser Apollonius war wirklich unheimlich.

Der Hauptkommissar spülte sein keimendes Verständnis für Sebastian Mühlheim mit einem Whisky runter. Ob Apollonius nun ein Scharlatan war oder tatsächlich über magische Kräfte verfügte, war nicht von Bedeutung. Zwei Mordfälle waren gelöst und alles Weitere mussten die Richter entscheiden.

Tod eines Zahnarztes

Wie passend. Ein Mord an einem Ort des Grauens«, bemerkte Juan Montez und zeigte ein angewidertes Gesicht.

»Ängstigt dich etwa schon das Betreten dieses Gebäudes?«, fragte Kim Kaiser lächelnd.

»Ich habe keine Angst!«, war die empörte Antwort.

Die beiden Kommissare betraten die Praxis und bemerkten sofort eine Frau mittleren Alters, die, von einem Notarzt betreut, heulend auf einem Stuhl im Wartezimmer hockte. Hauptkommissar Kretzer kam aus dem Behandlungszimmer mit dem obligatorischen Becher Kaffee in der Hand und begrüßte seine Kollegen.

»Der Tote heißt Frederik Weimar und wurde erschlagen«, informierte er die Ankömmlinge.

»Kein Wunder, dass jemand mal einen Zahnarzt erschlägt«, versuchte Juan zu scherzen.

Es war der späte Nachmittag eines Samstags und die Ermittler waren wenig erfreut über die Störung ihrer Wochenendpläne. Richard Kretzer hatte Verständnis dafür und sprach ebenfalls ungehalten weiter:

»Um ca. 16.45 Uhr entdeckte die Zahnarzthelferin Claudia Meier die Leiche. Sie rief zuerst den Notarzt, der dann die Polizei hinzuzog. Noch bevor einer von beiden eintraf, kam der Bruder des Toten, Simon Weimar, hinzu. Er hatte nach eigenen Angaben einen Termin, um sich einen schmerzenden Weisheitszahn behandeln zu lassen. Die Zeugen scheinen unter Schock zu stehen.«

»Welcher Zahnarzt kümmert sich denn samstags um seine Patienten?«, fragte Kim Kaiser ungläubig.

»Vielleicht machte er eine Ausnahme, weil es um seinen Bruder ging«, erklärte Juan.

»Mag sein«, stimmte Kretzer gelangweilt zu. »Nach den ersten Erkenntnissen des Gerichtsmediziners und der Spurensicherung handelt es sich bei der Mordwaffe um den Marmorsockel eines Pokals, der auf einem Schrank im Behandlungszimmer stand. Mit dessen Ecke wurde der Zahnarzt am Hinterkopf getroffen, stürzte dann wohl auf die Kante des Beckens für die Mundspülungen. Welche der beiden Verletzungen tödlich war, muss noch ermittelt werden. Auch ein Genickbruch beim Aufprall auf das Becken kommt infrage. Der Pokal lag neben der Leiche auf dem Fußboden. Eventuelle Fingerabdrücke sind aber sorgfältig entfernt worden. Nur die Blutanhaftungen am Sockel sind deutlich zu erkennen.«

»Was ist das für ein Pokal?«, interessierte sich Juan Montez und fand die Frage gleich selbst albern.

»Irgendwas mit Handball«, antwortete der Hauptkommissar. »Wir müssen der Ehefrau die Nachricht von dem Tod ihres Mannes bringen. Kim, begleitest du mich bitte? Dein Feingefühl ist gefragt. Juan, schnapp du dir einen Kollegen von der Streife und befrage die Nachbarn.«

»Welche Nachbarn? Wir sind im Erdgeschoss eines Ärztehauses. Da arbeitet doch am Wochenende keiner.«

»Versuch es einfach. Und höre dich auch in der Nachbarschaft um. Vielleicht hat ja jemand etwas gehört oder gesehen.«

»Ich bin aber zum Essen eingeladen«, maulte Juan.

»Dann beeil dich eben. Ihr Südländer esst doch sowieso erst abends. Glaubst du, mir macht es Spaß, am Wochenende Dienst zu tun? Wir sehen uns morgen um neun Uhr im Büro.«

Kim Kaiser folgte schweren Herzens ihrem Chef zu dessen Auto. Sie hasste das Überbringen von Todesnachrichten.

»Was wissen wir über die Familie des Toten?«

»Aus der Zahnarzthelferin konnte ich nur so viel rausbringen, dass Frederik Weimar verheiratet ist und zwei erwachsene Töchter hat, die in Paris und London studieren.«

Sie erreichten eine schmucke Villa, die mehr Wohlstand zeigte, als bei einem Zahnarzt zu erwarten war. Ungehindert konnten sie zu der Haustür gehen und klingeln. Ihnen wurde von einer mittelgroßen, sehr schlanken, beinahe verhärmt wirkenden Frau in Alltagskleidung geöffnet. Freundlich lächelnd sagte diese:

»Guten Tag. Was kann ich für Sie tun?«

Kim Kaiser erschauerte ob der gleichgültigen Miene der Hausherrin, ihren beinahe toten Augen.

»Guten Tag, mein Name ist Hauptkommissar Kretzer und neben mir steht meine Kollegin Kaiser. Wir möchten Ihnen eine Nachricht überbringen. Dürfen wir bitte eintreten.«

Mit einer Geste bedeutete die Frau ihnen hereinzukommen, ging dann voraus, bis sie im Wohnzimmer angekommen waren.

»Darf ich Ihnen einen Kaffee anbieten?«, fragte die Hausherrin höflich.

»Nein, danke. Würden Sie sich bitte setzen«, forderte Kretzer die Frau auf und nahm selbst auf einem Sessel Platz. Kim Kaiser tat es ihm gleich, woraufhin auch die Gastgeberin sich niederließ.

»Sind Sie Frau Gesine Weimar?«, begann der Hauptkommissar.

»Ja, natürlich. Ich wohne hier.«

Weder Misstrauen noch Furcht begleiteten diese Worte.

»Frau Weimar, ich muss Ihnen leider mitteilen, dass Ihr Mann Frederik einem Tötungsdelikt zum Opfer gefallen ist.«

Als hätte sie die Worte nicht verstanden, lächelte die Frau und sagte:

»Das stimmt nicht. Mein Mann ist in seiner Zahnarztpraxis.«

Kim Kaiser hatte das ungute Gefühl, dass die Gefühle der Frau explodieren könnten, wenn sie die Tragweite der Nachricht erfasste. Sie wirkte so hilflos und zerbrechlich.

»Leider ist Ihr Mann in seiner Praxis zu Tode gekommen«, fuhr Kretzer fort.

Nun herrschte die grausame Stille der beginnenden Erkenntnis.

»Frederik ist tot?«, flüsterte die Frau mit bebender Stimme.

»Ja, es tut mir leid.«

Die Hausherrin begann zu zittern, röchelte, als bekäme sie keine Luft mehr. Endlich brach sie in hemmungsloses Schluchzen aus. Wie in Krämpfen wand sie sich. Kim Kaiser schaute erschrocken zu ihrem Chef. Sollte ein Notarzt gerufen werden? Schließlich begann die Hausherrin zu stammeln:

»Was soll ich jetzt machen? – Ohne Frederik bin ich nichts. – Ich kann nicht leben ohne ihn. – Wer kümmert sich jetzt um mich?«

Kim Kaiser folgte einem spontanen Einfall, setzte sich neben die Frau auf das Sofa und nahm sie in den Arm. Willig ließ diese die Nähe zu, klammerte sich an die Kommissarin, sodass sie Kim beinahe die Luft abdrückte. Dabei bebte ihr Körper, als sei sie von einem Anfall geschüttelt.

»Sollen wir eine Freundin von Ihnen anrufen?«, fragte der Hauptkommissar ebenfalls überfordert mit der Situation.

Da er keine Antwort erhielt, die Witwe sich aber nicht beruhigte, zückte Kretzer sein Mobiltelefon und bat eine Mitarbeiterin des psychologischen Dienstes der Polizei um Unterstützung. Als diese erschien, hatte sich der Zustand der Hausherrin immer noch nicht gebessert. Doch der Ärztin gelang es schließlich, die Frau mit einer Spritze zur Ruhe zu bringen. Sie wollte aber auf keinen Fall in ein Krankenhaus. Erlösung brachte eine Nachbarin, die neugierig unter einem Vorwand an der Tür geklingelt hatte. Sie bot sich an, sich um die trauernde Witwe zu kümmern.

Erleichtert verließen der Hauptkommissar und seine Begleiterin die Villa.

»Hast du so etwas schon mal erlebt?«, fragte Kim immer noch verstört.

»Na ja, heftige Ausbrüche von Trauer musste ich in meiner Laufbahn schon ertragen. Aber diese Menschen beruhigten sich irgendwann wieder. Frau Weimar machte allerdings den Eindruck, als würde der Tod ihres Mannes auch ihrem Leben ein Ende setzen. Ihre Verzweiflung klang echt.«

»Setz mich bitte an der U-Bahn ab. Ich möchte noch in meine Stammkneipe gehen und ein wenig herunterkommen.«

Hauptkommissar Kretzer hatte Verständnis dafür, dass seine junge Mitarbeiterin an einem Samstagabend die Zerstreuung in zwangloser Gesellschaft suchte.

»O. k., aber trotzdem bitte ich dich, morgen ins Büro zu kommen.«

Ihr Chef fuhr nach Hause und fragte sich in der Einsamkeit seiner Wohnung, was ihn an dem Verhalten der Witwe gestört hatte. Ging ihre Reaktion nicht über die ihm bekannte Trauer um einen nahen Angehörigen hinaus? Oder war er durch seine Arbeit schon zu abgeklärt, um den Kummer der Frau zu verstehen? Kretzer machte sich Abendbrot und schaltete den Fernseher ein, sorgfältig darauf bedacht, in diesem Medium Krimis zu vermeiden. Bei einer sehr oberflächlichen Liebeskomödie schlief er ein.

Am nächsten Tag warteten Kim und Juan schon auf ihn im Büro. Sie wollten wohl die notwendigen Arbeiten so schnell wie möglich hinter sich bringen, um endlich den Sonntag ungestört genießen zu können.

»Guten Morgen, ihr fleißigen Kollegen. Habt ihr schon etwas herausgefunden?«

»Die Befragung in der Umgebung der Praxis, wenn überhaupt jemand anzutreffen war, hat nichts ergeben. Jeder, den ich ansprach, behauptete, den Zahnarzt nicht zu kennen. Ein Blick auf das Schild an der Tür bestätigte mir dann, dass Frederik Weimar keine geregelten Praxiszeiten hatte. Er behandelte nur Privatpatienten, wenn diese vorher einen Termin vereinbarten. Ein Hausmeister aus der Nachbarschaft meinte, dass der Ermordete stets mit seinem Mercedes in die Tiefgarage fuhr und von dort in seiner Praxis verschwand. Nur seine Zahnarzthelferin wurde gelegentlich gesichtet, wenn sie ins Haus ging. Überhaupt schien Frederik Weimar wenig Patienten zu haben«, berichtete Juan Montez.

»Fraglich bleibt doch, wie der Mörder überhaupt in die Praxis kommen konnte«, sagte der Hauptkommissar. »Standen die Türen zum Treppenhaus und der Praxis offen? Oder hat der Tote seinen Mörder selbst hineingelassen? Dann müsste er ihn erwartet oder gekannt haben.«

»Der Bruder hatte doch einen Termin wegen seines Weisheitszahns«, warf Kim Kaiser ein.

»Ja, dann könnte der Ermordete ihn erwartet haben«, sagte Kretzer.

»Oder der Bruder ist der Täter«, mutmaßte Juan.

»Aber dieser soll doch erst nach der Zahnarzthelferin eingetroffen sein«, gab der Hauptkommissar zu bedenken. »Wir müssen auf jeden Fall noch mal die Frau befragen. Sie zeigte sich sichtlich erschüttert über den Tod ihres Chefs. Möchtest du das übernehmen, Kim?«

»Noch heute?«, jammerte die Kommissarin. »Ich wollte eigentlich ins Fitnessstudio.«

»Es tut mir leid, Kim, aber du hast den besten Zugang zu trauernden Frauen. Hast du Namen und Adresse der Angestellten?«

»Ja, sie heißt Claudia Meier und ihre Wohnanschrift haben die Kollegen aufgeschrieben.«

»Also dann, los. Juan kann sich derweil mit der Spurensicherung in Verbindung setzen und alles über die Familie Weimar in Erfahrung bringen.«

»Und was machst du?«, maulte Juan Montez.

»Ich werde mich bei der trauernden Witwe umschauen.«

Als der Hauptkommissar die Villa der Familie des Toten erreichte, wirkte diese wie ausgestorben. Alle Jalousien zur Straßenseite waren heruntergelassen. Also entschloss er sich, die neugierige und hilfsbereite Nachbarin aufzusuchen. Sie hatte schon am gestrigen Abend den Eindruck auf ihn gemacht, als wäre sie sehr mitteilsam. Und er ahnte auch, dass er bereits von ihr beobachtet wurde.

So öffnete sich dem Hauptkommissar sogleich die Haustür. Freudestrahlend bat die Frau ihn hinein und bot ihm einen Kaffee an. Auch Kekse standen schon auf dem Wohnzimmertisch bereit. Kretzer und die Frau hatten sich bereits am gestrigen Abend einander vorgestellt. Ihr Name war Luisa Ludwig.

Der Gastgeberin war anzumerken, dass sie beinahe platzte vor Begierde, eine Aussage zu machen. Der Hauptkommissar stellte sich darauf ein, einen großen Redeschwall über sich ergehen lassen zu müssen.

»Frau Ludwig, ich möchte Ihnen noch einmal für Ihre spontane Hilfe danken. Frau Weimar war ja gestern in einer schrecklichen Verfassung. Wer kümmert sich jetzt um sie?«

»Ihre beiden Töchter sind noch in derselben Nacht angereist. Sie müssen die letzten Flüge aus Paris und London genommen haben. Ich selbst informierte ja die Mädchen telefonisch.«

»Die Familie befindet sich also zurzeit in der Villa?«

»Richtig, denn es hat kein Auto das Grundstück verlassen und auch sonst war niemand nach der Ankunft der Töchter zu sehen. Ich bin bestimmt nicht neugierig, aber wir haben überall bodentiefe Fenster. Da kann einem gar nicht entgehen, was in der Nachbarschaft geschieht.«

»So aufmerksame Nachbarn sind ein Segen für uns. Was

können Sie mir noch über die Familie Weimar erzählen?«, ermutigte der Hauptkommissar die Frau weiterzusprechen.

»Das sind seltsame Leute. Sie lebten sehr zurückgezogen. Die Frau verließ das Haus fast nie, ging nicht einkaufen und selbst der Friseur kam zu ihr. Anfangs luden wir die Familie noch zu unseren Nachbarschaftsfesten ein, aber sie erschienen nie. Sie fühlten sich wohl als etwas Besseres. Immerhin bewohnte die Familie eine echte Villa. Woher sie das Geld hatten, weiß niemand. Der Mann ging zwar arbeiten, doch eher selten. Er soll Zahnarzt gewesen sein. Die verdienen aber doch nicht so viel, dass sie ihre Töchter auf Eliteuniversitäten im Ausland schicken können.«

»Aber die Töchter müssen doch vorher zur Schule gegangen sein«, bemerkte Richard Kretzer.

»Natürlich. Beide besuchten das Gymnasium, genauso wie meine Kinder. Meine Tochter Svenja ist im Alter von der Älteren, Julia Weimar. Sie gingen sogar in dieselbe Klasse. Da wäre es ganz natürlich gewesen, dass sich die beiden Mädchen anfreunden. Doch diese Julia wollte keine Freundschaften, lud nie jemanden zu sich nach Hause ein. Dabei ist sie so ein hübsches und auch kluges Kind. Einen Freund hatte sie trotzdem nie. Die waren ihr wohl alle nicht gut genug.«

»Hatte wenigstens die Jüngere Kontakt zu Mitschülern?«

»Lange Zeit nicht. Aber sie werden es kaum glauben, dann verliebten sich mein Sohn und Sandra ineinander. Sie trafen sich nur heimlich, doch mein Finn erzählt mir immer alles. Natürlich wollte er auch Sandras Eltern vorgestellt werden, aber das lehnte das Mädchen kategorisch ab. Die Beziehung sollte geheim bleiben. Überhaupt erzählte sie selten etwas von ihren Eltern und wenn, dann nur von ihrem vergötterten Vater. Ich vermute, dass Herr Weimar auch dahintersteckte, dass Sandra die Beziehung zu meinem Finn löste. Der Junge war damals vollkommen fertig. Das war kurz vor dem Abitur und er musste sich anstrengen, um die Prüfungen überhaupt zu bestehen. Sandra erschien nicht einmal zur Abschlussfeier, sondern wurde gleich nach dem Bestehen des Abiturs nach London geschickt. Dort soll sie nun Kunstgeschichte studieren. Seltsam, denn Finn erzählte mal, dass sie sich mehr für das Fach Jura interessierte.«

»Ich hoffe, Ihr Sohn hat die Trennung mittlerweile verkraftet.«

»Selbstverständlich. Er ist doch ein ansehnlicher junger Mann, der keine Probleme hat, eine Partnerin zu finden. Aber zurzeit möchte er solo bleiben. Ich denke, er will sich erst mal die Hörner abstoßen, bevor er sich festlegt. Ich bin jedenfalls froh, dass er nichts mehr mit der Familie Weimar zu tun hat.«

»Studiert Ihr Sohn auch?«

»Nein, er hat sich für eine solide Ausbildung in der Verwaltung entschieden. Die beendet er dann immerhin mit einem Fachhochschulabschluss. Und ein Gehalt gibt es auch gleich. Wissen Sie, ich bin Witwe und verfüge über wenig Geld. Also müssen meine Kinder schon selbst zusehen, wo sie bleiben. Meine Tochter hat ihre Ausbildung bereits beendet und wird bald heiraten.«

Der Stolz auf ihren Nachwuchs war der Frau deutlich ins Gesicht geschrieben.

»Aber nun zurück zu der Familie Weimar. Können Sie mir irgendetwas berichten, was zur Aufklärung des Todesfalls beiträgt?«

»Ich will ja keine Lügen in die Welt setzen, aber die ganze Nachbarschaft hat den Verdacht, dass bei der Familie Weimar etwas nicht stimmt. Vielleicht hat der Mann seine Frau geschlagen, und damit sie niemand sieht, durfte sie das Haus nicht verlassen. Wenn wir Frau Weimar doch mal gesehen haben, machte sie stets einen verhärmten und unglücklichen Eindruck. Zeichen von Schlägen erkannte aber niemand, sonst hätten wir natürlich die Polizei gerufen.«

Frau Ludwig schaute den Hauptkommissar um Zustimmung heischend an.

»Richtig, mit solchen Verdächtigungen sollte man vorsichtig sein.«

»Und was ist, wenn der Mann seine Töchter missbraucht hat und die Frau sich nicht traute, etwas zu unternehmen?«

Wieder forschte die Gastgeberin nach Reaktionen in Kretzers Gesicht, aber seine Miene blieb undurchdringlich. Dann fragte er:

»Als Ihr Sohn mit Sandra Weimar zusammen war, ist ihm denn etwas an ihrem Verhalten aufgefallen? Sie haben doch ein sehr enges Verhältnis zu Finn. Davon hätte er bestimmt erzählt.«

Frau Ludwig dachte nach.

»Seltsamerweise sprach er wenig über die Beziehung. Aber ich glaube, Sandra ist sehr schüchtern und auch konservativ. Sex hatten die beiden wohl nicht.«

Die Gastgeberin wechselte das Thema.

»Ach ja, ganz selten bekamen die Weimars doch Besuch, und zwar von einem Ehepaar. Von meinem Sohn erfuhr ich später, dass es der Bruder von Herrn Weimar mit seiner Gattin war. Übrigens eine bildhübsche Frau, die bestimmt aus vornehmen Kreisen kommt.«

»Und sonst haben Sie nichts von dem Familienleben Ihrer Nachbarn mitbekommen?«

»Aber Herr Kretzer, ich stehe doch nicht den ganzen Tag hinter dem Fenster und spioniere. Und es gab ja auch nichts Besonderes zu sehen. Wenn der Hausherr nach Hause kam, fuhr er in die Garage und gelangte von dort ins Haus. Der hintere Garten der Familie ist nicht einsehbar und wird von einem Gärtnerbetrieb betreut. Ich habe mal versucht, mit einem der Angestellten ins Gespräch zu kommen, aber die hatten wohl Anweisungen zu schweigen. Auch die Friseurin, die wie gesagt ins Haus kam, verschwand immer gleich wie von Furien gehetzt. Das ist doch alles sehr verdächtig.«

Der Hauptkommissar nickte und versuchte die Informationen in seinem Kopf zu einem Bild zusammenzufügen. Erst mal hatte er genug gehört und machte sich nun auf den Weg zu der Familie Weimar.

Er musste lange klingeln, bis ihm endlich eine junge Frau die Tür öffnete. Ihr Gesicht war von Tränen verquollen, ließ jedoch ihre wahre Schönheit ahnen. Kretzer stellte sich vor und bat, die Hausherrin sprechen zu dürfen.

»Es tut mir leid, aber meine Mutter hat starke Beruhigungsmittel genommen und empfängt keinen Besuch.«

»Wären Sie dann vielleicht bereit, mir einige Auskünfte zu geben?«

»Ich habe nichts zu sagen. Meine Schwester und ich sind erst gestern Abend aus dem Ausland gekommen. Auch wir müssen den Verlust unseres Vaters erst verarbeiten.«

»Frau Weimar, Sie wissen doch bestimmt, dass Ihr Vater einem Gewaltverbrechen zum Opfer gefallen ist. Wir müssen möglichst viel über sein Leben erfahren, damit wir den Mörder fassen können.«

»Das verstehe ich, aber weder meine Schwester noch meine Mutter noch ich können Ihnen bei der Aufklärung des Verbrechens helfen. Bitte respektieren Sie unsere Trauer.«

Auch wenn die junge Frau tatsächlich zu leiden schien, wirkte sie sachlich.

»Würden Sie mir bitte noch Ihren Namen nennen.«

»Selbstverständlich. Julia Weimar, und nun bitte ich Sie zu gehen.«

Die Haustür wurde geschlossen. Auf dem Rückweg zu seinem Auto fragte sich der Hauptkommissar, warum das Auftreten der Witwe und der älteren Tochter ihn verunsicherte. Im

Grunde verhielten sie sich genauso wie andere Menschen, die einen Angehörigen durch Mord verloren hatten. Trauer und der Wunsch nach Ruhe waren verständlich. Trotzdem fühlte er bei den beiden Begegnungen neben Verzweiflung auch einen Hauch von Befreiung. Er musste sich davor hüten, durch die Mutmaßungen der Nachbarin auf eine falsche Fährte zu geraten.

Kim Kaiser erreichte die Wohnung der Zahnarzthelferin Claudia Meier. Sie lebte in einem fünfstöckigen Mehrfamilienhaus mit Laubengängen zu den Wohnungen, das eher Leute mit wenig Geld beherbergte. Die Kommissarin hoffte, dass sich die Angestellte mittlerweile von ihrem Schreck erholt hatte und bei einer Befragung nicht wieder in Tränen auflöste.

Frau Meier öffnete die Tür mit ihrer dreijährigen Tochter Lisa an der Hand. Die Kleine beäugte neugierig die Besucherin und streckte Kim gleich die Hand zur Begrüßung entgegen. Dann quengelte sie etwas, weil ihre Mutter sie aufforderte, in ihrem Zimmer zu spielen. Das Wohnzimmer war wenig aufgeräumt und diente Frau Meier auch als Schlafstätte. Sie schaffte schnell einige Sachen beiseite und bot Kim einen Platz an.

»Ich hoffe, Sie haben sich etwas beruhigt«, begann die Kommissarin vorsichtig das Gespräch.

»Ich habe noch nie einen Toten gesehen«, entschuldigte sich die Frau. »Und dann das Blut. Mir wurde ganz elend.«

»Wie lange arbeiteten Sie schon für Herrn Weimar?«

»Zwei Jahre. Ich war so dankbar, dass er mich einstellte. Wissen Sie, ich bin alleinerziehend und muss mich ja auch um meine Tochter kümmern. Sie besucht eine Kita, aber das kostet Geld, besonders wenn sie dort den ganzen Tag betreut werden soll. Das kann ich mir aber nicht leisten. Herr Weimar hatte nicht viele Patienten und behandelte sie meistens nachmittags. So konnte ich alles unter einen Hut bringen und bekam außerdem noch ein gutes Gehalt. Nun weiß ich nicht, wie es weitergehen soll.«

Frau Meier machte einen trostlosen Eindruck und Kim befürchtete, sie könnte gleich wieder anfangen zu weinen.

»Das ist wirklich ein großer Verlust für Sie«, merkte Kim voller Verständnis an. »Dann war Herr Weimar also ein guter Chef.«

Die Befragte zögerte.

»Er war streng, ließ mir aber viele Freiheiten, weil er selten in der Praxis war. Ich glaube, er hatte es nicht nötig, Geld zu verdienen.«

»War er ein guter Zahnarzt?«

Wieder schwieg die Frau einen Moment.

»Man darf ja nicht schlecht über Tote reden«, antwortete sie schließlich.

»Nun ist dies aber ein besonderer Fall«, erklärte die Kommissarin. »Also möchte ich Sie bitten, ganz ehrlich zu sein.«

»Viele Patienten kamen nur einmal und dann nicht wieder. Manchmal hatte ich den Eindruck, es machte Herrn Weimar Spaß, seine Patienten zu quälen.«

»Wie meinen Sie das?«, fragte Kim erstaunt.

»Oft setzte er eine zu geringe Betäubung ein und die Leute hatten beim Bohren heftige Schmerzen. Sie stöhnten, schrien oder weinten mit offenem Mund. Herr Weimar sagte nur, er müsse die Behandlung unbedingt fortsetzen, weil sonst alles noch viel schlimmer werde. Es war entsetzlich, das mitzuerleben. Doch die Patienten bedankten sich anschließend oft sogar. Vermutlich, weil sie froh waren, dass sie die Folter überstanden hatten.«

Kim erschauerte bei dem Gedanken.

»Aber das muss sich doch unter den Menschen herumgesprochen haben.«

»Natürlich, deswegen kamen ja auch keine Patienten aus der

Nachbarschaft. Aber Herr Weimar hatte eine so überzeugende Art, sich zu verkaufen. Die Menschen glaubten, ein Mann, der nur Privatpatienten behandelt und außerdem noch vermögend ist, müsse aus wahrer Berufung handeln.«

»Aber zu Ihnen war er immer nett?«, wechselte Kim das Thema.

»Er wusste, dass ich diesen Job dringend brauchte. Also bat er mich, auch die Praxisräume zu putzen. Das tat ich ja gern, doch er fand immer etwas, um mich zu kritisieren, und drohte dann mit Entlassung. Irgendwie hatte ich Angst vor ihm. Aber wer sonst hätte mir so einen gut bezahlten Job angeboten. Ich musste seine Demütigungen ertragen.«

Claudia Meier sah aus wie eine zutiefst verzweifelte Frau, der jeder Lebensmut fehlte.

Wieder wechselte Kim das Thema.

»Sie kamen also um 17 Uhr in die Praxis, weil sich ein Patient angekündigt hatte?«

»Ich glaube, es war sogar etwas früher.«

»Waren die Haustür und die Tür der Praxis abgeschlossen?«

»Nein, das handhabte Herr Weimar immer so, wenn er Patienten erwartete.«

»Und dann?«

»Ich ging hinein, sah die offene Tür zum Behandlungszimmer und fürchtete schon, mich verspätet zu haben. Doch dann sah ich Herrn Weimar auf dem Fußboden liegen. Er blutete aus zwei Wunden am Kopf. Ich war wie erstarrt, konnte mich nicht rühren und wusste nicht, was ich machen sollte. Wie lange ich dort stand, weiß ich nicht mehr, aber dann erschien der Bruder von Herrn Weimar. Er rief den Notarzt. Es war alles so schrecklich.«

In der Erinnerung füllten Tränen die Augen der Zeugin.

»Haben Sie irgendetwas Ungewöhnliches im Behandlungszimmer oder in der Praxis bemerkt?«

»Nein, ich weinte nur noch und wusste nicht einmal, warum. Alles um mich herum versank im Nebel. Zum Glück war Lisa bei meiner Mutter.«

Kim Kaiser hatte vorerst genug gehört und verabschiedete sich. Wieder im Wagen rief sie Hauptkommissar Kretzer an, um zu fragen, ob sie nach Hause fahren dürfte. Doch ihr Chef verlangte, dass sie wieder im Büro erschien, damit die Ermittler sich gegenseitig über ihre Erkenntnisse informieren konnten.

»O. k.«, willigte Kim Kaiser schweren Herzens ein. »Ich bringe Pizza mit.«

Während Hauptkommissar Kretzer und Kim Kaiser sich im Büro hungrig über ihre Pizza hermachten, konnte es Juan Montez nicht erwarten, die Ergebnisse seiner Ermittlungen herauszuposaunen.

»Ich habe das ganze Internet durchforstet und sogar einen Freund, der Gesellschaftsjournalist bei einer Zeitung ist, angerufen, um alles über die Familie Weimar herauszufinden«, begann der Kommissar.

Mit vollem Mund ermunterte ihn sein Chef loszulegen.

»Der Großvater des Toten muss ein cleveres Schlitzohr gewesen sein, denn er war Architekt und heiratete die einzige Tochter eines Bauern, der sehr viel Land besaß. Das wurde dann ziemlich schnell Bauland und der Architekt sorgte für die Bebauung mit Wohnhäusern und Gewerbeobjekten. So verdiente die Familie gleich zweimal. Aber das meiste Geld brachte wohl der Verkauf der Grundstücke, von denen einige bestens an der Elbe gelegen waren. Der Bauer, dessen Frau schon bei der Geburt der Tochter gestorben war, segnete dann auch bald das Zeitliche und die Familie war reich. Der Architekt und die Bauerstochter haben zwei Söhne, Frederik Weimar und seinen Bruder Simon. Als nun deren Vater an Krebs starb und sich daraufhin die Mutter das Leben nahm, ging das reichliche Vermögen an die beiden Erben über.«

Juan machte eine Pause und aß das erste Stück von der Pizza, die mittlerweile nur noch lauwarm war.

»Von wie viel Vermögen sprechen wir denn da?«, wollte Richard Kretzer wissen.

»Das konnte ich noch nicht genau herausfinden. Aber man spricht von einem zweistelligen Millionenbetrag für jeden der Söhne.«

»Damit kann man einige Zeit auskommen«, scherzte Kim sichtlich beeindruckt von der Höhe des Erbes.

»Sicher«, bestätigte Juan. »Aber man kann es auch schnell durchbringen. Jedenfalls hat der jüngere Bruder Simon seinen Anteil erst mal verprasst und das süße Leben in der Oberschicht genossen. Dabei lernte er eine sehr attraktive Hamburger Kaufmannstochter kennen, die er schließlich heiratete. Doch die Menschen, denen Simon schließlich sein restliches Geld zur Vermehrung anvertraute, hauten ihn kräftig übers Ohr. Heute sind er und seine Frau wohl auf die Unterstützung der Schwiegereltern angewiesen.«

»Das hast du sehr sorgfältig recherchiert, Juan«, lobte der Hauptkommissar. »Aber wir sind nicht hier, um uns mit aufregenden Geschichten der Boulevard-Presse zu beschäftigen, sondern um einen Mord aufzuklären. Was also hast du über den Toten, Frederik Weimar, herausgefunden?«

Juan zeigte sich etwas beleidigt, aber das strahlende Gesicht von Kim entschädigte ihn dafür.

»Eine Geschichte wie aus einem Film«, schwärmte sie.

»Da hast du recht, aber können wir uns jetzt wieder auf den Mord konzentrieren?«

»Das Leben von Frederik Weimar verlief eher langweilig. Er studierte Zahnmedizin, heiratete Gesine Franken, bekam zwei Töchter und hielt sein Erbe sorgfältig zusammen.«

»Also kein ausschweifendes Leben oder Skandalgeschichten«, sagte der Hauptkommissar.

»Nein, außer vielleicht, dass er eine Kellnerin heiratete. Das erregte in der Gesellschaft einiges Aufsehen, hatte man doch erwartet, dass sich der Sohn eines Akademikers, der ebenfalls studiert hatte, eine angemessene Frau sucht.«

»Was konntest du noch über das Leben des Toten herausfinden?«, hakte Kretzer nach.

»Gar nichts. Die Familie lebte sehr zurückgezogen, nahm nie an großen Veranstaltungen teil und blieb auch sonst unauffällig. Selbst die Töchter traten nie dort in Erscheinung, wo das Leben tobt.«

»Das alles hilft uns also nicht wirklich weiter. Bitte, Juan, versuche morgen mal herauszufinden, wie die finanzielle Situation von Frederik Weimar heute ist. Was können Frau und Töchter als Erbe erwarten?«

Dann berichtete der Hauptkommissar, was er von Nachbarin Luisa Ludwig erfahren hatte. Dabei verschwieg er jedoch ihren Verdacht von häuslicher Gewalt oder Missbrauch der Töchter. Er wollte seine Mitarbeiter unvoreingenommen an die Ermittlungen herangehen lassen.

Anschließend erzählte Kim Kaiser, was sie von der Zahnarzthelferin Claudia Meier gehört hatte. Deren Schilderung, der Zahnarzt hätte seine Patienten bewusst gequält, erstaunte Kretzer. Aber Juan Montez ließ sich zu dem Satz hinreißen:

»Zum Glück ist dieses Schwein tot.«

Den Kommissar traf ein tadelnder Blick seines Chefs.

»Fassen wir also zusammen«, begann der Hauptkommissar. »Der Tote führte mit seiner Familie ein sehr zurückgezogenes Leben, war vermutlich so vermögend, dass er seine Zahnarztpraxis nur als Hobby betrieb. Dabei schien es ihm Vergnügen bereitet zu haben, seinen Patienten Schmerzen zuzufügen.«

Als der Hauptkommissar den letzten Satz ausgesprochen

hatte, fragte er sich, ob nicht doch etwas dran sein könnte an den Mutmaßungen der Nachbarin. Hatte der Tote vielleicht Frau und Kinder misshandelt? War das der Grund, warum die Familie so abgeschottet lebte? Doch warum hatte sich die Tochter Sandra nicht ihrem Freund Finn anvertraut? Oder war die Abhängigkeit der Frauen von Frederik Weimar zu groß, um sich gegen ihn erheben zu können? Noch wollte er diese Gedanken aber für sich behalten.

»Hat sich die Spurensicherung schon gemeldet?«

»Dort habe ich natürlich schon nachgefragt«, brüstete sich Juan. »Aber in den nachlässig gesäuberten Räumen finden sich so viele Fingerabdrücke und DNA-Spuren, dass die Zuordnung eine Herkulesaufgabe sein wird.«

»Waren keine Fingerabdrücke auf der Tatwaffe, diesem Pokal oder seinem Sockel, zu finden?«, fragte Kretzer.

»Nur das Blut von dem Toten«, antwortete Juan Montez. »Entweder wurde sie sorgfältig abgewischt oder der Täter trug Handschuhe.«

»Gut, Kinder. Feierabend. Lasst uns morgen weitermachen.«

Zu Hause in seinem Wohnzimmer ließ der Fall den Hauptkommissar nicht los. Wer profitierte von dem Tod des Frederik Weimar? Die Zahnarzthelferin Claudia Meier sicher nicht, denn es würde schwer für die alleinerziehende Mutter werden, einen entsprechenden neuen Job zu finden. Die beiden Töchter hatten vermutlich wasserdichte Alibis, da sie sich im Ausland aufhielten. Aber das musste noch mal genau geprüft werden. Die Ehefrau wäre wohl von der Nachbarin gesehen worden, wenn sie das Haus verlässt. Doch auch das war nicht sicher. Die Rache eines gequälten Patienten als Motiv für den Mord anzunehmen, war zu weit hergeholt. Blieb noch der Bruder des Toten, Simon, aber dem winkten keine Vorteile durch die Tat. Reichte die Annahme eines alten Bruderzwistes für einen Verdacht aus? Die Hoffnung auf eine große Erbschaft konnte leicht zu einem Mord führen, aber dann kamen nur die Ehefrau und die Töchter infrage. Oder konnte die Tat die Rache einer verschmähten Geliebten sein? Sie mussten mehr über das Privatleben von Frederik Weimar herausfinden, um das zu klären.

Stolz verkündete Juan am nächsten Vormittag, dass sich das Vermögen des Toten auf über 20 Millionen belief. Dann berichtete er von einer weiteren Entdeckung.

»Der Bankangestellte erzählte mir, dass nur Frederik Weimar über die Konten verfügen durfte. Weder seine Frau noch seine Töchter hatten EC- oder Kreditkarten. Ist das nicht seltsam? Immerhin durften die Töchter in Paris und London ein eigenes Konto einrichten. Darauf überwies der Tote jeden Monat einen Betrag, der die Miete für deren Wohnungen abdeckte und einen bescheidenen Lebensstil zuließ.«

»Frederik Weimar war also ein Geizkragen«, bemerkte Kim Kaiser angewidert.

»Auf jeden Fall passte er sehr gut auf sein Geld auf«, sagte der Hauptkommissar. »Kim, ich möchte dich bitten, mal im Internet zu recherchieren, ob die Töchter in irgendwelchen sozialen Netzwerken zu finden sind.«

»Du wirst lachen«, antwortete die Kommissarin. »Da ich gestern Abend nichts vorhatte, schaute ich mich bereits im Netz um. Weder bei Facebook noch bei Twitter waren die jungen Frauen auszumachen. Schließlich gelang es mir, einen Zugang zu dem Netzwerk des Gymnasiums zu finden, das die beiden einst besuchten. Doch auch dort fanden sich keine Einträge von ihnen. Lediglich einige Mitschüler ließen sich darüber aus, dass Julia und Sandra sich wohl für etwas Besseres hielten, jeden Kontakt mieden und schlichtweg doof seien. Nur ein gewisser Finn widersprach dem und meinte, man solle die Weimar-Schwestern in Ruhe lassen.«

»Das wird dann wohl der Sohn der Nachbarin gewesen sein, der das geschrieben hat, als er noch mit Sandra Weimar zusammen war«, erklärte der Hauptkommissar. »Ihr wart ja beide wirklich fleißig. Gut gemacht.«

»Aber ich finde es mehr als seltsam, dass zwei junge Frauen, die beide attraktiv und klug sind, sich nicht im Internet präsentieren«, meinte Kim.

»Es bleibt uns wohl nichts weiter übrig, als die Familie des Toten aufzusuchen. Diesmal lasse ich mich nicht abwimmeln. Und du, Kim, begleitest mich«, ordnete der Hauptkommissar an.

Richard Kretzer und seine Begleiterin wurden ohne Gegenwehr ins Haus der Familie Weimar gelassen. So als wären sie erwartet worden, saßen Gesine Weimar und ihre Tochter Sandra im Wohnzimmer, als Julia die beiden hereinführte. Der Hausherrin war deutlich anzumerken, dass sie unter starken Beruhigungsmitteln stand. Die ältere Tochter begann das Gespräch, nachdem der Hauptkommissar und Kim Kaiser Platz genommen hatten.

»Was können wir für Sie tun?«

»Zuerst möchten wir Ihnen unser Beileid aussprechen.«

Artig bedanken sich die beiden Töchter, während die Mutter ziemlich abwesend erschien.

»Da Frederik Weimar einem Verbrechen zum Opfer gefallen ist, müssen wir Sie fragen, ob Sie eine Vorstellung haben, wer diese grausame Tat begangen haben könnte.«

Wieder ergriff Julia das Wort, während ihre Schwester Sandra beinahe gelangweilt wirkte.

»Natürlich nicht«, antwortete sie nachdrücklich. »Unser Vater war ein anständiger, ehrenwerter Mann, der keine Feinde hatte. Er kümmerte sich rührend um seine Familie und war ein hervorragender Zahnarzt. Er wird uns an allen Ecken und Enden fehlen.«

Gesine Weimar fing an zu weinen und wurde sogleich von ihrer Tochter Julia beruhigend in den Arm genommen.

»Sie und Ihre Schwester Sandra waren also im Ausland.«

»Ja, und als die Nachbarin Frau Ludwig uns informierte, nahmen wir gleich die nächsten Flüge nach Hause. Zum Glück hatten wir beide schon Tickets, weil wir sowieso am nächsten Wochenende unsere Eltern besuchen wollten. So brauchten wir dann nur umzubuchen.«

»Ihre Familie ist ja recht vermögend. So dürfte es auch ohne diese Tickets kein Problem für sie gewesen sein, einen Flug zu buchen und zu bezahlen«, hakte Kretzer nach.

»Richtig«, sagte Julia nach kurzem Zögern.

»Sie studieren beide Kunstgeschichte?«, fragte der Hauptkommissar weiter.

»Ja, wir sind schon durch unsere Erziehung der Kunst sehr verbunden.«

Kim Kaiser beobachtete derweil Sandra, in deren Miene sich eine Mischung aus Ungläubigkeit und Wut spiegelte. Irgendetwas stimmte hier nicht, aber ihr fiel keine Frage ein, um mehr Licht ins Dunkel zu bringen. Dann entschloss sich der Hauptkommissar zur Konfrontation.

»Unseres Wissens verfügt keine von Ihnen über eine EC- oder Kreditkarte, noch besitzen Sie Bankvollmachten. Wie gestalten Sie Ihren Lebensunterhalt?«

Julia Weimar erzitterte leicht und antwortete:

»Um finanzielle Angelegenheiten mussten wir uns nie kümmern. Unser Vater versorgte uns mit allem Notwendigen. Geld sollte unsere Seelen nicht belasten.«

»Wir müssten dann noch mal einen Blick auf den Computer Ihres Vaters werfen.«

»In diesem Haus gibt es keine Computer. Stattdessen haben wir eine umfangreiche Bibliothek.«

»Oh, das ist ungewöhnlich«, bemerkte Kretzer. »Wird nicht

heute von jedem jungen Menschen verlangt, dass er sich mit diesen Medien auskennt?«

»Dazu reichte Sandra und mir der Computerraum in der Schule«, erklärte Julia unwirsch.

»Bei Ihrem Vater haben wir auch kein Handy gefunden.«

»Das brauchte er auch nicht. Wir haben einen Festnetzanschluss. Das reicht zum Telefonieren.«

»Dann haben also Sie und Ihre Schwester auch keine Mobiltelefone?«

»Nein, diese Geräte sind vollkommen überflüssig. Sie lenken nur ab.«

»Es tut mir leid«, mischte sich Kim Kaiser ein. »Ich mag nicht glauben, dass zwei junge Frauen sich gänzlich vor den modernen Entwicklungen verschließen. Wird nicht heute sogar an den Universitäten verlangt, dass die Studierenden sich mit Computern auskennen und diese auch nutzen?«

Bevor Julia wieder das Wort ergreifen konnte, antwortete Sandra:

»Das ist richtig. Und darum bat ich meinen Vater, mir einen Laptop kaufen zu dürfen. Einer unserer Dozenten in London besteht darauf, mit seinen Studenten auch online kommunizieren zu können.«

»Und haben Sie Ihren Laptop bekommen?«, fragte Kim.

»Natürlich«, sagte Sandra triumphierend. »Und ich nutze ihn auch.«

»Aber doch wohl nur für dein Studium«, war Julias strenger Kommentar.

Ihr war der Unmut über die Offenbarung der Schwester deutlich anzusehen.

»Selbstverständlich.«

Doch die Miene von Sandra konnte die Lüge nicht verbergen. Sie wirkte geradezu befreit.

Hauptkommissar Kretzer wechselte das Thema.

»Wissen Sie, ob Ihr Vater ein Testament gemacht hat?«

»Wozu denn das?«, empörte sich Julia. »Er war doch noch jung und rechnete bestimmt nicht mit seinem frühen Tod.«

Die Mutter, Gesine Weimar, schluchzte auf.

»Wissen Sie etwas über die Höhe des Vermögens Ihres Vaters?«

»Nein«, antworte Julia und klang dabei sehr ehrlich. »Er hat uns immer gut versorgt und meinte, Geldangelegenheiten sollten den Charakter seiner Töchter nicht verderben.«

Kretzer beendete die Befragung und verließ mit seiner Kollegin das Haus.

»Ich kann mir nicht vorstellen, dass eine der Frauen aus der Familie etwas mit dem Tod von Frederik Weimar zu tun hat«, begann Kim Kaiser im Auto zu resümieren. »Die Mutter scheint mir eine schwache Person zu sein, die ihrem Mann in allen Dingen gehorsam war. Ich empfinde sie als beinahe lebensuntüchtig. Julia, die ältere Tochter, macht einen sachlich vernünftigen Eindruck, ist aber den Lebensvorstellungen ihres Vaters beinahe hörig. Sandra hingegen hat wohl gelernt, sich zwischen ihren Wünschen und den Erwartungen des Vaters einzurichten. Dem Toten ist es scheinbar perfekt gelungen, seine Familie in ein Gefängnis aus Fürsorge zu sperren. Was meinst du?«

Der Hauptkommissar nickte nur.

»Weiß du, Richard. Mir tun die drei beinahe leid. Sie erben ein großes Vermögen und haben nie gelernt, mit Geld umzugehen.«

Wieder nickte Kretzer nur und hing seinen Gedanken nach. Schließlich sagte er:

»Ohne irgendeinen Verdächtigen kommen wir einfach nicht weiter. Ich setze dich im Büro ab und versuche dann mit dem Bruder des Toten, Simon Weimar, zu sprechen.«

Dieser empfing den Hauptkommissar in einer Stadtvilla nahe der Außenalster. Beide setzten sich in das mit teuren Antiquitäten eingerichtete Wohnzimmer in einen Sessel.

»Darf ich Ihnen etwas anbieten?«, fragte der Gastgeber höflich.

Kretzer lehnte dankend ab und begann die Befragung.

»Sie waren ja neben der Zahnarzthelferin Claudia Meier als Erster am Tatort. Ist Ihnen etwas Ungewöhnliches aufgefallen?«

»Nein, ich hatte einen Termin bei meinem Bruder, weil mein Weisheitszahn schmerzte. Wie immer standen die Haustür und die der Praxis offen. Als ich eintrat, sah ich gleich, was passiert war, und rief mit meinem Smartphone den Notarzt an.«

»Wie standen Sie zu Ihrem Bruder?«

»Er war eben mein großer Bruder, der immer alles richtig machte. Schon als Kind war er ordentlich, vernünftig, sparsam und eine echte Spaßbremse. Ich habe mein Leben genossen und ziemlich viel Geld verprasst. Aber das wissen Sie sicher schon. Nur als ich eine Frau aus der gehobenen Hamburger Gesellschaft heiratete, habe ich Frederik wenigstens einmal übertrumpft, denn seine Gesine kam ja aus sehr einfachen Verhältnissen. Ich glaube, er hat sie nur geheiratet, weil sie ihn anhimmelte. An eine Frau wie meine Constanze hätte er sich wohl nie rangetraut.«

»Ist Ihre Frau im Hause?«

»Nein, sie weilt mit ihren Eltern auf Mallorca. Und bevor Sie fragen, unsere Ehe ist ziemlich im Arsch. Ich glaube, Constanze lässt sich nur nicht scheiden, um den Schein zu wahren. So hat sie mit mir wenigstens einen vorzeigbaren Begleiter zu gesellschaftlichen Anlässen. Wir haben uns arrangiert. Im Grunde bin ich so etwas wie ein Gigolo.«

Simon Weimar lächelte gequält.

»Haben Sie noch eigenes Vermögen?«

»Ein kläglicher Rest ist übrig geblieben. So muss ich abhängig von der Gnade meiner Schwiegereltern und meiner Frau im Wohlstand leben. Also tröste ich mich in der Gesellschaft von Menschen, die dieses Gefühl des Ausgeliefertseins kennen.«

»Haben Sie Kinder?«

»Nein, Constanze kann keine bekommen, was sie mir schon vor unserer Ehe gestand. Mich störte das nicht, was wohl letztlich den Ausschlag dafür gab, dass sie einer Heirat zustimmte. Aber warum sollte ich meinen Bruder umbringen? Von seinem Geld sehe ich doch keinen Cent.«

»Nicht jeder Mord geschieht aus finanziellen Gründen«, erklärte der Hauptkommissar. »Geschwister hassen sich oft aus Gründen, die lange zurückliegen.«

Simon Weimar lächelte.

»Ich muss zugeben, dass mich der Tod meines Bruders nicht sonderlich schmerzt. Er war ein Fiesling. Als wir Kinder waren, machte es ihm geradezu Freude, mich zu quälen. Doch unsere Eltern glaubten mir nie, sondern hielten ihren Erstgeborenen für einen Knaben ohne Fehl und Tadel. Seine Frau und die Töchter hielt er wie Leibeigene. Um jeden Cent mussten sie betteln. Belohnungen gab es nur bei Wohlverhalten. Und dann zwang er Julia und Sandra auch noch, Kunstgeschichte zu studieren, obwohl sich keiner in der Familie für Kunst interessierte. Es kam ihm nur darauf an, dass seine Töchter irgendwann in die bessere Gesellschaft einheiraten. Natürlich durfte ausschließlich Frederik den Zukünftigen auswählen.«

Bei dieser Schilderung lächelte Simon Weimar voller Abscheu.

»Ich bin froh, dass die Mädchen nun von diesem Joch befreit sind.«

»Da hätten wir doch ein edles Motiv für einen Mord«, sagte Kretzer und wartete mit Spannung auf die Reaktion des Befragten.

Dieser grinste.

»Ich freue mich, dass Sie mir so viel Edelmut zutrauen, aber ich muss Sie enttäuschen. Auch meine Nichten standen mir nicht besonders nahe. Für Julia und Sandra würde ich nie das Risiko einer Gefängnisstrafe auf mich nehmen. Außerdem bin ich mir noch nicht einmal sicher, ob sie mit ihrer Freiheit etwas anzufangen wissen. Wenn überhaupt, traue ich Sandra zu, ein selbstbestimmtes Leben zu führen. Sie hat sich ja sogar ohne die Genehmigung ihres Vaters verliebt. Zufällig erspähte ich das Paar mal am Elbstrand. So ausgelassen und fröhlich hatte ich meine Nichte vorher nie gesehen. Aber Julia ist schon vollkommen verkorkst.«

Hauptkommissar Kretzer verabschiedete sich. In Gedanken strich er Simon Weimar aus dem Kreis der Verdächtigen. Der Mann war von einer so lähmenden Resignation erfüllt, dass er wohl kaum einen Mord begehen würde. Er rief im Büro an und erfuhr, dass Juan die Alibis von Julia und Sandra Weimar überprüft hatte. Sie waren beide tatsächlich zur Tatzeit im Ausland gewesen. Kretzer erlaubte seinen Mitarbeitern, nach Hause zu gehen, schließlich hatten sie am Wochenende hart gearbeitet.

Am nächsten Morgen überraschte Kim Kaiser ihren Chef und Juan mit einer Nachricht.

»Stellt euch vor, ich habe mich gestern Abend noch mit einer Freundin in einem Bistro getroffen. Sie wollte mir von ihrem Urlaub an der Nordsee erzählen. Da ihre Ausführungen immer sehr ausschweifend und detailversessen sind, folgte ich ihr wenig konzentriert.«

»Solche Kandidaten kenne ich«, bemerkte Juan Montez und stellte einen Becher Kaffee vor seiner Kollegin ab.

»Plötzlich hörte ich drei Männer am Nachbartisch über einen Finn und eine Sandra sprechen. Das machte mich aufmerksam. Beide könnten nun endlich wieder zusammen sein und müssten sich nicht mit Telefonaten über Skype bescheiden. Da hätte sich Finn einen echten Goldesel an Land gezogen. Auf diesen Satz entgegnete ein anderer, die beiden würden sich wirklich lieben. Selbst die Trennung hätte ihren Gefühlen füreinander nichts anhaben können. Der Dritte hörte bereits die Hochzeitsglocken läuten.«

»Da freuen wir uns doch mal mit dem Paar«, sagte Juan gelangweilt.

»Das ist sehr interessant«, lobte Kretzer. »Denn das würde bedeuten, Finn und Sandra waren nie wirklich getrennt. Vielleicht hatte die junge Frau ihren Vater mit einer Lüge zum Kauf eines Laptops veranlasst, um mit Finn in Kontakt bleiben zu können.«

»Na und?«, fragte Juan. »Die Kleine ist eben clever.«

»Doch was wäre geschehen, wenn der Vater erfahren hätte, dass ihn seine Tochter hinterging?«, sinnierte der Hauptkommissar.

»Dann hätte er ihr den Geldhahn zugedreht«, antwortete Kim.

»Meinst du, Sandra hätte sich dann, um ihren Vater wieder zu besänftigen, endgültig von Finn getrennt?«, fragte Kretzer seine Mitarbeiterin.

»Keine Ahnung. Ich kann nicht einschätzen, wie abhängig die junge Frau mental von ihrem Vater war.«

»Ich denke, das solltest du herausfinden, Kim. Dazu musst du aber unbedingt allein mit Sandra sprechen. Frag mal bei dem Beerdigungsunternehmen nach, wer wann die Vorbesprechungen zu den Feierlichkeiten führt. Ich denke, dass Julia sich allein der Planungen annehmen wird.«

»O. k., das finde ich raus.«

»Und dich, Juan, bitte ich, Finn unter irgendeinem Vorwand ins Präsidium zu laden und auch ihn allein zu befragen. Ich werde dem Gespräch vom Nachbarzimmer aus folgen. Mein

Gefühl sagt mir, dass die Liebe zwischen Finn und Sandra der Schlüssel zu der Tat ist.«

»Aber Sandra hat ein wasserdichtes Alibi«, wandte Juan ein.

»Richtig, deswegen ist es deine Aufgabe, Finn zu entlocken, ob er ein Motiv für den Mord hatte.«

»Ist das nicht reichlich weit hergeholt?«

»Das, Juan, wird sich zeigen, wenn du den jungen Mann in die Mangel nimmst. Dabei verlasse ich mich ganz auf dein männliches Gespür. Beginn die Befragung wie ein zwangloses Gespräch unter Männern. Wir werden sehen, was sich daraus ergibt.«

Kim Kaiser traf Sandra allein zu Hause an. Ihre Schwester und ihre Mutter nahmen, wie die Kommissarin vorher ermittelt hatte, einen Termin bei dem Beerdigungsunternehmen wahr. Die junge Frau war ausgesprochen heiterer Stimmung. Auf dem Tisch im Wohnzimmer lag ein Smartphone.

»Oh, Sie haben sich ja schon ein modernes Kommunikationsgerät zugelegt«, bemerkte Kim.

Sandra lächelte.

»Das hat mir Finn zum Abschied geschenkt, als ich nach London fahren musste. So konnten wir immer in Kontakt bleiben. Aber noch muss ich das Smartphone vor meiner Schwester verstecken, sonst zertrümmert sie es vielleicht.«

»Ich dachte, Finn und Sie hätten sich getrennt?«, forschte die Kommissarin nach.

»Nein«, widersprach Sandra. »Das mussten wir nur allen vormachen, weil mein Vater hinter unsere Beziehung gekommen war. Er war richtig wütend, dass ich ihn hintergangen hatte. Ich gab seinem Verlangen nach einer sofortigen Trennung nach, um meine Ruhe zu haben. Das hatte ich mit Finn so abgesprochen. So hofften wir, dass mein Vater die Idee mit einem Studium in London aufgeben würde. Anfangs hat er mich ständig misstrauisch überwacht, brachte mich zur Schule und holte mich von dort wieder ab. Erst als Finn die Idee hatte, sich mit einer Mitschülerin als Liebespaar zu zeigen, beruhigte sich mein Vater etwas und ich hatte wieder kleine Freiräume. Noch heute kann ich mich amüsieren, wenn ich an seine Worte denke: ›Da siehst du, was für ein Hallodri dieser Finn ist. Schon hat er eine Neue.‹ Ich musste mich echt anstrengen, die Unglückliche zu spielen. Wenigstens konnte ich anschließend Finn manchmal heimlich treffen.«

Sandra lachte hämisch in Erinnerung an das Schauspiel.

»Dann waren Finn und Sie also die ganze Zeit über ein Paar.«

»Natürlich. Wir lieben uns.«

»Dann ist Ihnen die räumliche Trennung sicher schwergefallen.«

»Und wie. Als ich endlich einen Laptop besaß, haben wir uns jeden Tag über Skype gesehen und gesprochen. Finn verdient in seiner Ausbildung ja schon Geld und hatte auch etwas gespart. Nun können wir endlich zusammen sein.«

»Sie wollen also nicht nach London zurückkehren?«, fragte Kim.

»Dieses Studium habe ich von Anfang an gehasst. Rechtswissenschaften oder Betriebswirtschaftslehre wäre meine Wahl gewesen. Kunst finde ich langweilig und überflüssig. Ich glaube, ich hätte auch ohne den Tod meines Vaters das Studium bald hingeschmissen. Irgendwie wären Finn und ich schon klargekommen.«

»Dann kam Ihnen der Tod Ihres Vaters also recht.«

»Nein, so dürfen Sie das nicht sehen«, empörte sich Sandra weinerlich. »Unser Vater war immer für uns da. Er sorgte für uns und hielt alle Probleme von uns fern. Er beschützte uns. Aber was kann ich denn dafür, dass ich Finn so sehr liebe?«

Kim musste die junge Frau weiter in ein Gespräch verwickeln, auch wenn sie nicht zu den Verdächtigen gehörte. Die

Kommissarin wusste, dass Juan zur gleichen Zeit Finn ins Präsidium geladen hatte. Sie sollte verhindern, dass die beiden durch einen Anruf von Sandra gestört wurden. Aber Kim war auch neugierig, was sie noch über den ermordeten Zahnarzt erfahren würde.

»Warum haben Sie denn dann Ihre Liebe vor Ihrem Vater verheimlicht? Hatten Sie Angst vor ihm?«

»Ja, ein wenig«, gab Sandra kleinlaut zu.

»Hat er Sie geschlagen?«

»Um Gottes willen, nein«, erregte sich die Befragte. »Er rührte uns nie an.«

Bei dieser Feststellung schaute Sandra sehr traurig aus. Behutsam fragte Kim nach:

»Was meinen Sie damit?«

Sandra versank in Erinnerungen, bis sie schließlich sagte:

»Er hat uns nie in den Arm genommen oder auch nur über den Kopf gestreichelt. Abschiedsküsse auf die Wange ließ er nur zu, wenn andere Menschen anwesend waren. Als Kind hatte ich beinahe das Gefühl, er ekle sich vor uns. Wenn wir etwas gut gemacht hatten, klopfte er uns manchmal zart auf die Schulter. Das empfanden wir wie einen Ritterschlag und zehrten noch wochenlang davon.«

Sandra schwieg kurz und fuhr dann euphorisch fort:

»Finn ist ganz anders. Er umarmt, streichelt und küsst mich dauernd. Anfangs war ich beinahe erschrocken, aber dann konnte ich gar nicht genug davon bekommen. Er ist so zärtlich und liebevoll.«

»Eben ganz anders, als es Ihr Vater war«, ergänzte Kim.

»Mein Vater zeigte seine Liebe auf verantwortungsvolle und zurückhaltende Art«, antwortete Sandra trotzig.

»Aber warum verheimlichten Sie Ihre Beziehung zu Finn?«

Die Befragte dachte nach.

»Ich hatte Angst vor seiner Enttäuschung.«

Wieder herrschte Stille in dem Wohnzimmer. Schließlich fuhr die junge Frau fort:

»Unseren Vater enttäuscht zu sehen, war die härteste Strafe für uns. Er schimpfte nicht, sondern schaute uns nur vorwurfsvoll an. Dabei musste man sich wie ein Verräter fühlen, wie jemand, der die guten und ehrenvollen Taten eines anderen mit Füßen tritt. So eine eigennützige Tochter hatte doch die Liebe ihres Vaters, der so hingebungsvoll für sie sorgte, nicht verdient. Einmal, als ich ohne seine Erlaubnis das Haus verlassen hatte – damals war ich erst zwölf Jahre alt und wollte mit anderen Kindern spielen –, sank ich sogar vor ihm auf die Knie und bat ihn um Vergebung.«

»Welch eine hinterhältige Art der Folter«, dachte Kim Kaiser.

Dann erhielt sie eine SMS, dass sie die Befragung beenden könnte.

Juan empfing Finn in einem Verhörraum. Durch den Spiegel an der Wand konnte Hauptkommissar Kretzer dem Gespräch folgen. Außerdem wurde es durch versteckte Mikrofone aufgezeichnet. Dieses Vorgehen war zwar nicht ganz legal, aber Juan wollte den Verdächtigen in Sicherheit wiegen.

Finn schaute sich zuerst in dem Raum um.

»Das sieht hier ja aus wie in den Kriminalfilmen. Und wer sitzt hinter dem Spiegel und beobachtet uns?«

Juan grinste und erklärte:

»Verwechseln Sie bitte nicht Filme mit der Realität. Natürlich hängt der Spiegel hier, damit die Befragten denken, sie würden beobachtet. Aber Tatsache ist, dass die Stadt gar kein Geld hat, um für so einen Firlefanz Löcher in eine Wand zu schlagen.«

»Warum muss ich überhaupt hier sein?«, fragte Finn.

»Mir gefällt dieser Raum, gerade weil er wie eine Filmkulisse aussieht. Dann kann ich mich wenigstens etwas wie ein Held fühlen«, log Juan und schlug einen Aktendeckel auf.

»Setzen Sie sich bitte, dann verrate ich Ihnen noch ein Geheimnis.«

Finn ließ sich entspannt gegenüber dem Kommissar nieder.

»Sie machen ja eine Ausbildung in der Verwaltung. In der Praxis werden Sie bald erkennen, dass irgendwelche Sesselpupser sich immer wieder vollkommen sinnlose Dinge ausdenken und damit die eigentliche Arbeit behindern. So müssen wir seit Neustem ein Protokoll ausfüllen, in dem wir abhaken, ob wir den Befragten auch ordnungsgemäß belehrt haben. Aber eigentlich habe ich Sie nur hergebeten, um vorgeben zu können, wichtige Ermittlungsarbeit zu leisten. Solche Tricks werden Sie in Ihrem zukünftigen Beruf auch noch lernen.«

Finn lachte und fragte:

»Wollen wir uns, so quasi als Kollegen, nicht duzen?«

»Gern«, antwortete der Kommissar und streckte seine Hand aus. »Ich bin Juan.«

Beide schüttelten die Hände.

»Du bist doch kein echter Deutscher, Juan.«

»Die deutsche Staatsangehörigkeit habe ich, aber ursprünglich stamme ich aus Mexiko.«

»Dort dürfen Männer noch Männer sein«, kommentierte der junge Mann und grinste.

»Richtig. Aber nun muss ich erst Mal die Liste abarbeiten. Also, als Zeuge musst du alles sagen, was du weißt, sonst behinderst du die Ermittlungen. Als Verdächtiger darfst du schweigen und einen Anwalt hinzuziehen. Aber alles, was du aussagst, kann später gegen dich verwandt werden. Diese Sätze kennst du sicher aus den vielen Kriminalfilmen. Schaust du regelmäßig sonntags ›Tatort‹? Mir wird immer ganz übel, wenn ich sehe, wie die Polizei darin dargestellt wird. Lauter Säufer oder psychisch kranke Typen. Das haben die Macher wohl von den Amis übernommen.«

Schnell kritzelte Juan zwei Haken auf ein leeres Blatt Papier und klappte den Aktendeckel blitzschnell zu.

»Wenn die Drehbuchautoren wüssten, wie viel Zeit wir am Schreibtisch verbringen. Den Job hatte ich mir wirklich anders vorgestellt. Hier wird man regelrecht weichgespült. Gruselig!«

Finn lachte.

»Das kann doch einem echten Kerl wie dir nichts anhaben.«

»Selbstverständlich nicht. Und du, Finn, lässt dir bestimmt auch nicht so schnell den Schneid abkaufen.«

Der junge Mann fühlte sich geschmeichelt.

»Dir laufen die Weiber bestimmt nach«, setzte Juan noch einen drauf. »Hast du schon eine Neue? Das mit dieser Sandra hat ja nicht geklappt.«

»Denkste. Wir sind immer noch zusammen und haben uns auch nie getrennt.«

»Tatsächlich. Ich dachte, ihr Vater hatte etwas gegen eure Beziehung.«

»Richtig, aber ich lasse mich doch nicht von so einem alten Knacker ins Bockshorn jagen.«

»Kanntest du überhaupt diesen Zahnarzt Weimar?«

Finn stutzte kurz, also baute Juan ihm eine Brücke.

»Das muss ja ein unangenehmer Zeitgenosse gewesen sein. Der hat doch seine Familie regelrecht unterjocht.«

»Genau«, antwortete Finn. »Wie eine Sklavin hat er meine Sandra gehalten.«

»Aber das hast du dir doch wohl nicht bieten lassen.«

»Nein. Jeden Tag habe ich mit Sandra, als sie in London war, über Skype gesprochen. Sie hasste ihr Studium und wollte unbedingt wieder nach Deutschland. Wir träumten von einem gemeinsamen Leben. Ich glaube, sie wünschte sich, dass ich sie endlich errette.«

»Und was hast du dann gemacht?«

Verschwörerisch beugte sich Finn über den Tisch näher an Juan heran.

»Zuerst habe ich die Zahnarztpraxis beobachtet. Dieser selbstgefällige Typ ließ tatsächlich immer die Türen zu seiner Praxis offen, wenn er da war. Also wäre es ein Leichtes für mich gewesen, ihn dort zu einem Gespräch zu zwingen.«

»Sehr klug«, ermunterte ihn Juan.

»Am Samstag entschloss ich mich, Sandra endlich aus ihren Ketten zu befreien, ihrem Vater zu sagen, dass wir immer noch zusammen sind und auch bleiben werden. Da Sandra ja schon volljährig ist, würde er nichts dagegen unternehmen können.«

»Und was hat der Mann geantwortet?«, fragte Juan, angestrengt seine Hoffnung auf ein Geständnis vor Finn verbergend.

»Ich bin einfach in das Behandlungszimmer gegangen und habe ihn gestellt. Als ich ihm unumwunden ins Gesicht sagte, dass Sandra und ich uns lieben und eine gemeinsame Zukunft planen, lachte er nur. Dann titulierte er mich als Nichtsnutz, der nicht in der Lage sei, für eine Frau zu sorgen. Er müsse seine Tochter vor so einem armseligen Schwächling wie mir schützen. Er würde Sandra in London besuchen und ihr ein für alle Mal den Kontakt zu mir verbieten. Voller Geringschätzigkeit sagte er, ich solle seine Macht nicht unterschätzen. Auf Knien würde seine Tochter vor ihm um Vergebung betteln und ihrem Vater dankbar die Hände küssen. Dann verwies er mich der Praxis und drehte mir mit einem selbstgefälligen Grinsen den Rücken zu.«

»Aber das hast du dir sicher nicht gefallen lassen.«

»Nein, die Bestie musste für immer von der Erde getilgt werden. Männer wie wir, Juan, sind geradezu verpflichtet, unsere Lieben vor so einer Höllenbrut zu schützen. Also griff ich mir irgendetwas und schlug zu. Der Typ fiel wie ein Sack nach vorne und knallte mit dem Schädel auf das Wasserbecken. Dabei krachte es, als breche sein Genick.«

»Und dann?«, fragte Juan, selbst erstaunt über dieses Geständnis.

»Irgendwie war ich erleichtert, dass ich endlich gehandelt hatte. Also verließ ich die Praxis und ging erst Mal ein Bier trinken.«

Die beiden Männer blickten sich stumm an. Dabei wurde Finn langsam klar, dass er einen Mord gestanden hatte. Doch er blieb ganz ruhig.

»Juan, du hast mich reingelegt«, sagte er mit einer gewissen Bewunderung in der Stimme. »Aber wenigstens ist Sandra jetzt frei.«

»Ein Mann, der nicht zu seinen Taten steht, ist kein echter Mann«, erklärte Juan, um sein eigenes schlechtes Gewissen zu betäuben.

Der Hauptkommissar und seine Mitarbeiter trafen sich nach der Verhaftung von Finn im Büro. Doch obwohl der Fall gelöst war, kam keine gute Stimmung auf.

»Ich wünsche mir mal wieder einen Mordfall, bei dem ich mich ernsthaft freuen kann, den Täter hinter Gitter zu bringen«, sagte Kretzer mit gequältem Lächeln.

»Meint ihr, Sandra wird zu ihm halten?«, fragte Kim mitfühlend.

»Das hoffe ich«, antwortete Juan noch immer von Zweifeln erfüllt. »Vielleicht bezahlt sie ja von ihrem Erbe einen teuren Anwalt.«

»Und der wird den jungen Mann auffordern, sein Geständnis zu widerrufen, und der Staatsanwalt wird uns die Hölle heißmachen«, gab Kretzer zu bedenken.

»Ich bin mir sicher, dass Finn bei seiner Aussage bleibt«, entgegnete Juan voller Überzeugung.

»Gut! Feierabend«, befahl der Chef und alle drei fuhren in ihre Gedanken versunken nach Hause.